SLAVES

TOME 7 : L'ORDRE DES DÉCHUS

Amélie C. Astier

SLAVES

TOME 7

L'ordre des déchus

ISBN : 9781986413480

© 2019 Amélie C. Astier
Tous droits réservés, y compris droit de reproduction totale ou partielle, sous toutes ses formes.

Copyright Couverture:
© Fotolia

SLAVES, TOME 7

Copyright : © 2019 Amheliie / Amélie C. Astier
Conception graphique : © Amheliie
Montage Couverture : © La Rose et le Corbeau
Photographie de couverture © : Fotolia

Tout droit réservé. Aucune partie de cet ebook ne peut être reproduite ou transférée d'aucune façon que ce soit ni par aucun moyen, électronique ou physique sans la permission écrite de l'éditeur, sauf dans les endroits où la loi le permet. Cela inclut les photocopies, les enregistrements et tout système de stockage et de retrait d'information.

ISBN : 9781986413480
Première édition : Avril 2018
Seconde édition : Juin 2019

Imprimé par Amazon – KDP

Prologue

Onyx

Je n'existe pas encore aux yeux du monde. Pourtant, cela fait trente ans que j'œuvre au sein de la noirceur de la terre et des enfers. Après tant d'efforts et de luttes, j'arrive enfin au bout de notre plan.

L'Ordre n'existe pas pour les autres. Ils pensent que les Démons, grands perdants aux côtés de Dying, se sont rangés à la fin de la Guerre.

Ils ont tort.

Nous gagnons dans l'ombre, nous préparons notre revanche. Celle prophétique laissée par Dying.

Chacun a une destinée tracée, parfois cette dernière ne se réalise pas, alors, il faut faire en sorte que ça se produise.

Je me suis préparée à ce que la mienne rencontre mon ennemi. Je suis apte à affronter ce qui sommeille et je vaincrai. Parce que je suis celle qui détient les cartes du jeu. Un jeu dont ils ne soupçonnent même pas l'existence.

Je suis le mal et *il* n'est pas ce bien qu'il pense être. Nous sommes pareils même si je suis la tentation et *lui* la résistance. J'admire de le voir lutter à ce point contre ce mal qui le dévore depuis des années déjà, j'attends avec impatience le moment idéal pour le mettre à terre.

Il ne le sait pas, mais *il* m'attend pour soulager ces maux qui sommeillent.

Mon père l'a maudit, il lui a donné son sang, l'a sali et l'a plongé dans les ténèbres.

Il était protégé sans pouvoir, désormais, *il* ne l'est plus.

Il n'attend que moi.

Et j'arrive pour accomplir nos deux destinées mêlées.

L'Ordre m'a protégée, l'Ordre a menti pour moi. Il a fait croire que la paix gagnée par les vampires traîtres demeurait. Mais c'est faux.

Le bon moment est arrivé pour tout faire basculer.

Nous revenons, prêts à faire triompher le mal, pour que le monde connaisse enfin un peuple digne de le diriger.

Il n'y aura pas de place pour les humains. Pas de place pour les vampires pacifiques et pour les êtres contre la domination.

Ils vont tous mourir, à commencer par les dirigeants commandant le cœur des peuples faibles.

L'enfer va arriver doucement, et je sais à quoi m'attendre, quand eux comprendront trop tard que leur réalité est menacée.

Nous revenons et personne ne se doute que depuis près de trente ans, un mal tapi dans l'ombre va ressurgir.

Je suis Onyx, fille du défunt Dying Creaving, je suis son ombre, son joyau, et je compte bien faire en sorte que son sacrifice n'ait pas servi à rien.

Ils ne me connaissent pas encore, mais je suis là. J'arrive.

CHAPITRE 1

Reaper

— C'était la dernière fois.
Lachlan me repousse, je tombe sur le matelas à côté de lui. Un sourire naît sur mes lèvres alors que j'entends le vampire blond se jurer qu'il n'y aura pas de prochaine fois.
Il y en aura une cependant.
Son corps dégage une chaleur des plus excitantes et j'ai du mal à maîtriser mes pulsions. Elles sont tellement vivaces à ses côtés, je pourrais passer ma journée à m'envoyer en l'air avec lui. Ça fait des années que ça dure, depuis que nous sommes cloîtrés dans des lieux où la seule occupation est le sexe. Parfois à deux, parfois à plus.
La réputation de la Garde n'est plus à faire à tous les niveaux. Fils et filles de vampires, nous avons cette étiquette de pistonnés sur nos fronts. On peut rajouter celles de queutards invétérés sans scrupules, de fêtards et de violents. Mais nous arrivons quand même à faire notre travail quand les gens ont besoin de nous.
Nous sommes trop jeunes pour seconder nos pères, alors nous servons avec nos mains.
Ce boulot n'est pas grandiose, même s'il offre le frisson et l'aventure. Je le préfère au costume cravate que portent mon paternel, mon oncle et les autres. C'est une tâche ardue de servir les intérêts de chacun pour que l'ordre règne.
Je ne pourrais pas passer une éternité à leur place, mais une éternité à la mienne, c'est une condition qui ne me déplairait pas.
Rien ne me déplait si ce n'est l'obscurité.
— Tu dis ça à chaque fois, je lance, le souffle court en essayant de garder Lachlan ici.

Mon meilleur ami m'échappe, il repousse les draps et s'assoit sur le bord de mon lit. Les lampes diffusent une lumière agréable. Je ne dors jamais dans le noir. Je déteste la noirceur de la nuit, elle me rappelle trop celle qui me hante depuis cinq ans déjà. Depuis que le sort de mes parents ne fonctionne plus, depuis que j'ai atteint l'âge adulte et que plus rien ne pourra me protéger de moi-même. Aujourd'hui encore, j'apprends à connaître l'homme que je suis, avec des blessures infligées à un âge pour lequel je n'ai aucun souvenir si ce n'est une marque à mon bras me rappelant qu'on m'a donné un sang maudit.

La malédiction semblait terrible, ils m'ont tous craint, mais la réalité était des plus surprenantes : même si des signes se font de plus en plus visibles, l'hécatombe tant redoutée n'est pas arrivée. Je survis, avec mon lot d'emmerdes sur le dos, mes responsabilités et ce poids sur mes épaules me rappelant que je suis l'enfant d'une prophétie.

Zéro stress combiné au reste.

— C'était la dernière, me confirme Lachlan en ramassant ses affaires sur le sol.

Des flashs d'hier soir me reviennent en mémoire, j'étais noyé dans l'alcool pour oublier ces voix dans ma tête qui me hantent de plus en plus souvent.

Volker, le fils de Senan et de Mary, la sorcière, est celui qui m'aide le plus. Il suit attentivement la progression de la malédiction depuis cinq ans. Il a repéré des changements au niveau de mon caractère, des visions la nuit semblant être des cauchemars reflétant une réalité étrange et ces voix. En cinq ans, je ne suis pas devenu un monstre, je suis toujours moi, en plus sombre… en plus vif et peut-être en un peu moins contrôlable.

La violence, je l'ai toujours eue en moi.

Le sexe est une passion qui m'a dévoré dès que j'ai su utiliser ma queue et j'en use sans merci.

Cette nuit en est la preuve, tout a encore dérapé.

Lachlan était derrière ma porte, dans ses mauvais jours où il se prend la tête avec son père parce que ce dernier est intransigeant avec lui. Nous n'avons même pas discuté, il a suffi d'un regard pour que tout bascule.

Avant d'être l'amant de mes nuits, Lachlan Stanhope est mon meilleur ami, celui qui a toujours compté. Comme avec Daemon, Lach est un frère. Un frère qui, au fil des années, a fait développer notre fraternité en quelque chose de plus intense. De plus dangereux aussi. Si nous venons de passer une décennie à user du corps de l'autre, à rompre l'attirance mêlée par tout ce qui nous rapproche, elle a dû se terminer il y a quelques mois, après qu'une de nos expéditions nous ait menés voir l'Oracle des Sorcières. Cette dernière nous a révélé le destin funeste de certains et la mort de Lachlan par ma main.

Dans ma fureur, je le tuais, et cette idée m'est insupportable.

Depuis que j'ai clairement refusé de m'engager malgré ce que nous savions, on repousse notre séparation inévitable, on se ment. Ça fait des mois que ce cirque dure.

J'ai conscience que je suis une bombe à retardement qui va exploser un jour. Peut-être pas demain, peut-être dans cent ans ou dans dix siècles, mais j'exploserai. Et j'emporterai avec moi tous ceux qui m'aiment dans ma chute s'ils restent trop près.

La malédiction de Dying ne faisait pas partie des plans de Mortem pour sa prophétie, et tout le monde sait sournoisement que je vais flancher tôt ou tard.

Tout est une question de temps. En attendant, je ne veux pas infliger ça à quelqu'un, ce sont mes tares, mes démons, mes problèmes. Je suis maudit, je n'emmènerai personne dans mon tourment.

Je roule dans mon lit pour retenir le mâle, mes yeux ne quittent pas les cicatrices dans son dos, datant d'un affrontement d'il y a dix ans face à un bastion de démons révoltés qui semaient le trouble en Russie. On porte tous des marques de cette journée noire. Lachlan plus que les autres.

Je tends ma main pour toucher les cicatrices blanches. Je me rappelle ces nuits passées à le veiller avec Hope en espérant que l'infection démoniaque ne le tue pas.

Son père, Louis, n'a pas dit un mot en restant dans la pièce. Le français, cet homme dur et froid en apparence a tellement sacrifié pour son fils, l'idée de le perdre semblait le tuer à petit feu.

Mais Lachlan a survécu et aujourd'hui, ce sont d'autres plaies qui mériteraient de cicatriser.

Le blond se raidit à mon contact, l'ambiance de ma chambre redevient tendue, elle se gorge d'électricité et d'un sentiment plus intense. Je me fige à mon tour en sentant le désir s'accroître encore alors que nous avons passé la nuit à l'éteindre. Sa tête se tourne vers moi. Lachlan affiche cet air perdu dans son regard clair.

Il a pris sa décision, j'ai pris la mienne, nous savons très bien qu'un avenir commun est impossible, et pourtant, on continue de faire ça.

Le temps que les plaies se referment.

— Tu aurais dû me dire non Reap.

— Tu sais que j'en suis incapable même si je devrais.

Il acquiesce, parfois la fraternité est trop forte. Parfois les sentiments nous percutent avec violence et nous rendent victimes d'eux. Dans notre cas… c'est ainsi.

Lachlan mérite tellement mieux que moi. Je ne suis pas Volker, je ne suis pas les autres. Je ne suis pas quelqu'un de bien, capable de tenir des promesses sur ce que Lach veut. Je me contrôle sur beaucoup de choses, mais sur d'autres, je suis dépassé.

Le sexe, c'est avec n'importe qui, n'importe quand, sans attache… mis à part lui.

Lach est mon meilleur ami en plus d'être un bon coup. En plus d'être ce tout interdit.

Je m'éloigne avant que les choses ne dérapent encore. La nuit est passée, laissant place au reste. À la réalité et aux responsabilités.

Je m'éternise dans mon lit en le regardant s'habiller. Je vois encore les marques rouges de mes canines. Nous n'avons jamais commis l'erreur de nous lier. Je nous le refuse, pour la bonne raison que je ne sais pas dans quoi je l'emporterais.

Je ne veux personne, je ne veux contaminer personne.

Je déraille en ce moment, même dans le sexe, la violence est de mise. Les coups de crocs, la brutalité, ça fait partie d'une étreinte entre deux mâles, ça fait partie de nous.

— Je le sais aussi, soupire Lachlan, c'est bien pour ça que je ne t'en veux pas.

Il termine de se rhabiller, je reste là sans savoir quoi dire ou quoi faire, ça fait des mois qu'on a eu cette conversation. LA conversation.

Est-ce qu'il y a de l'amour ? Je n'en sais rien. Je ne veux même pas savoir ce que c'est. C'est trop flippant et dans ma situation, trop égoïste. Je donne mon corps, je donne ma loyauté, ma confiance, mais c'est impossible de donner plus.

Lachlan le sait. C'est bien pour ça qu'il m'a dit que nous resterions simplement amis si je ne pouvais pas lui donner ce plus.

Parfois, je me maudis. Parfois j'aimerais plus, et parfois, j'ai tellement peur de ce plus que je m'interdis de ressentir davantage.

Lachlan se redresse, il a revêtu l'uniforme noir et en cuir à certains endroits. Il ne manque que le manteau arborant les signes de la Garde et les armes.

— On se voit tout à l'heure, m'annonce mon meilleur ami.

— Et tu t'en vas comme ça ? je demande.

Lachlan secoue la tête, rejetant fermement l'idée d'aller dans les mauvaises habitudes que nous avons prises. Secrètement, il a toujours espéré un jour ou l'autre que nos histoires cachaient des destinées entremêlées par ces légendes d'âmes sœurs, comme mes parents, comme ceux de Daemon, ou ceux de Volker. Qui n'espère pas l'amour ? Tout le monde le veut.

Même moi ?

— C'est fini Reaper, je me contente de ce que j'ai. Et ça n'inclut pas ça.

— Et de ce qui te fera le moins mal. Je te rappelle que c'est toi qui as jugé que nous devions... arrêter.

— Tu sais très bien pourquoi. Le sujet est clos, mon pote.

— Si tu le dis.

Lachlan détourne son visage masculin et quitte ma chambre. Avant de refermer la porte, il m'adresse son sermon de second.

Comment oublier son sérieux, là-dessus, il est comme son père.

— On commence dans une heure, tâche de ne pas être en retard.

— C'est moi qui ordonne, je marmonne en me tournant dans mon lit pour ne pas lui faire face.

— Tu es le chef, je suis ton second, et en ce moment, t'es sans cesse en retard pour les débriefs avec le Conseil.

J'adresse à mon meilleur ami un doigt d'honneur sans bouger. Lachlan rit, mais moi, ça fait bien longtemps que je ne ris plus.

Dès que je me retrouve seul, le reste revient. Cette sensation étrange qui me tient éveillé la nuit, comme une épée de Damoclès tournoyant au-dessus de ma tête.

Les symptômes sont minimums et très peu sont au courant de ce qui me menace depuis cinq ans. Lachlan sait, il apaise mes maux, brisant la solitude que je m'impose. Il est une bouffée d'air frais.

Je ne peux pas être avec mon meilleur ami, je ne peux être avec personne, et ma solitude, je la porte de plus en plus difficilement à force des années.

Volker me dit que c'est le temps que je m'adapte, comme lui, il doit faire face à des séquelles de ses conditions de mi-vampire mi-sorcier. Mais il n'est pas maudit.

Je ferme les yeux en serrant les draps tachés de l'odeur de Lachlan et de ce que nous avons fait.

Lorsque je m'assoupis, les voix reviennent et je jurerais entendre le son tendre d'une femme qui m'appelle.

***

Une demi-heure plus tard, j'arrive dans la salle commune. La Garde possède une grande bâtisse où ses membres vivent en colocation. Nous sommes loin de l'effervescence de New York et rares sont ceux qui connaissent notre adresse exacte.

Mon regard accroche les personnes présentes. Ils sont tous là sauf Lachlan qui doit déjà être au boulot.

Je suis le chef de la Garde, l'unité d'élite du gouvernement américain réglant les problèmes planétaires. Les États-Unis sont devenus la première puissance mondiale et à ce titre, le pays est obligé de régler les conflits d'intérêts majeurs. Une tension se créer ? Nous la réglons. Un problème étrange surgit ? Nous le résolvons. Une enquête suspicieuse émerge ? Nous intervenons. Nous nous occupons aussi des traîtres, des rebelles et d'affermir le pouvoir des vampires pour l'égalité de tous, vampire ou humain.

— Tu nous fais le plaisir de ta présence frangin, déclare Hope en m'adressant un regard espiègle.

Hope Creaving, deux ans ma cadette, mi-vampire même si elle est née d'un ange. Elle est magnifique avec ses longs cheveux noirs et ses yeux bleu clair. Mais sous son regard de biche se cache un soldat des plus dangereux. Son cerveau et ses muscles sont camouflés par sa beauté et nos ennemis la sous-estiment.

Je m'approche d'elle et embrasse le haut de son crâne sans soulever sa petite pique.

La Garde se compose de neuf membres. Tous des enfants ou des descendants des membres du Conseil de la Présidence.

Ce matin, chacun vaque à ses occupations.

Volker, un grand brun aux yeux violets est plongé dans un livre poussiéreux, il est imperturbable tout comme Daemon, mon cousin de sang, qui termine sa nuit sur le canapé devant une rediffusion.

Anneliese, la fille de Senan, est derrière la cafetière et attend en chantant que son petit-déj se termine. Ses yeux violets croisent les miens, elle me fait signe, je la salue en acceptant le café qu'elle me propose.

La pièce est immense, tout comme la baraque. Des murs en pierre parsemés d'une décoration simple, les vitres donnent sur la forêt. C'est notre QG quand nous ne sommes pas en vadrouille dans le monde.

Je sors de mon calme lorsqu'Egon, spectre et fils adoptif du Roi Wraith Shadow et de Trenton, apparaît devant moi dans son espèce de tour de passe-passe que seule sa race est capable de faire.

Je m'apprête à lui demander pourquoi il débarque ainsi et pas par la grande porte pour éviter que l'alarme s'enclenche... ce qu'il se produit la seconde d'après. Sawyer, la dernière de la fratrie Zederman quitte ses PC de ses yeux en se levant d'un bon.

Les deux annoncent en même temps sous le cri strident de l'alarme de sécurité pour les intrusions paranormales :

— On a un problème !

Au son de leur voix, même Daemon sort de son état léthargique. Volker se lève pour aller couper l'alarme. Personne ne dit rien, je pars m'asseoir à côté de ma sœur qui termine ses céréales. Nous sommes tous en tenue de garde.

Une fois le son strident de l'alarme coupée, Sawyer et Egon se manifestent de nouveau, comme deux gamins.

— Il y a eu un enlèvement.

Et en chœur s'il vous plaît !

Je souris en les dévisageant, les deux informateurs ne cessent de se disputer la place principale alors qu'ils n'ont pas le même rôle : Egon est les oreilles des Enfers et des mondes parallèles, quand Sawyer s'occupe du reste.

— Le Conseil veut nous voir cet après-midi, apparemment, cela fait vingt-quatre heures que personne n'arrive à joindre le QG des Écossais, reprend la vampire aux yeux rouges.

Je me tourne vers son demi-frère qui tire toujours cette tête de dix pieds de long. Volker est le plus froid de nous tous. Depuis que ses dons sont apparus, le Voyeur de la Garde s'est renfermé. Une nuit, il m'a confié que son esprit était marqué à jamais de tout ce qu'il ressentait et voyait et que souvent, ça détruisait certaines parties de son humanité.

Il y a très peu de Voyeurs au sein des Vampires croisés avec une Race différente. Ses parents n'auraient jamais pensé que les origines de sa mère lui portent un tel préjudice. Ni qu'il puisse être un mâle.

Bienvenue au club des maudits, mon pote.

— Volker ?

— Ouais ?

Il se rassoit à sa place et ignore les regards à son encontre.

— A quoi penses-tu ? je l'interroge en espérant avoir des indices grâce à ses dons.

Mais le vampire secoue la tête, agacé.

— Pour l'instant, je ne vois rien et je n'ai rien vu cette nuit.

— Comme les dernières fois, lance Anneliese.

Elle apporte de quoi nourrir nos estomacs sur la table ovale. Un silence pesant règne.

C'est exactement comme les fois précédentes.

Ça a commencé ainsi.

— OK, tant que nous n'en savons pas plus, on ne fait pas de suppositions, attendons notre réunion avec le Conseil.

Ça n'a peut-être rien à voir avec les disparitions des femmes des QG d'Allemagne, de Suède, du Brésil et d'Égypte.

Il y a une chance que ce ne soit rien. Mais j'en doute. Trop d'événements suspects nous ont alertés ces derniers mois, et tous ont commencé de la même façon : l'impossibilité de joindre un QG.

J'observe les membres de la Garde, chacun a repris son petit déjeuner en faisant comme s'il ne se passait rien. Pourtant, j'entends dans leur esprit que les suspicions sont là.

Je ne dis rien, je ne veux pas éveiller les tensions, même si tout le monde pense la même chose : un danger rode parmi nous et met à mal la réputation de la Garde. Depuis le début de l'été, ces disparitions sans preuve nous rendent vulnérables auprès de ceux qui doutent de notre rôle à jouer dans la sauvegarde de la paix.

Si d'ordinaire, nous sommes plutôt bons pour régler les problèmes, celui-ci nous résiste et les mystères demeurent

Nous ne savons rien, même Volker a très peu d'indices. Son esprit ne voit rien du passé des lieux des enlèvements où nous nous rendons, c'est comme si tout était brouillé.

C'est suspicieux et maléfique.

Et une question demeure dans mon esprit, celle qui me demande sans cesse : quelles sont les raisons de tout ce bordel ?

La réponse ? Je n'en ai pas encore. Je cherche, je ne trouve pas… et au fond de moi, j'espère que je n'aurai pas à rajouter à ma liste, l'enlèvement de la dirigeante Écossaise Neass Gallagher.

Chapitre 2

Reaper

Lorsque nous arrivons quelques heures plus tard à New York même, le QG du gouvernement américain est en état d'alerte maximal. Tout le monde semble se préparer à une tornade qui a déjà eu lieu à des milliers de kilomètres de là.

Nous ne pouvons rien faire d'autre pour le gouvernement écossais, si ce n'est nous y rendre, voir ce qu'il y a à voir, faire un rapport d'enquête et passer plusieurs semaines sur place pour effectuer les manœuvres de routine. Nous avons beau être la première puissance, nous ne pouvons pas être excellents partout, tout voir et tout contrôler. C'est impossible.

Mais impossible n'est pas un mot du vocabulaire de mon père.

— Fais-moi plaisir... commence Hope.

Je me tourne vers elle alors que les autres membres de la garde pénètrent dans les lieux. Je sens ma sœur sur la défensive, comme si elle craignait un autre éclat de voix.

Elle n'a pas tort, les dernières réunions avec le conseil se sont plutôt mal terminées parce que je n'étais pas d'accord avec notre dirigeant. Un fossé se creuse entre mon père et moi depuis cinq ans. Depuis que je me suis réveillé un matin et que les voix étaient là. Depuis que mes songes sont devenus des cauchemars, fin rempart entre réalité et fiction. Depuis que j'ai changé sans m'en rendre compte au fil des années en tanguant entre le bien et le mal.

Je ne dis rien, parce qu'il n'y a rien à dire, j'ai conscience de mes fautes, mais à trente ans, je suis aussi brusque qu'un gamin de dix ans mon cadet. L'impulsivité ne fait que s'accroître.

Et j'ai du mal avec ce changement aussi.

— OK, je lance.

— Reaper, soupire-t-elle, pour Maman, ne te prends pas la tête avec lui.

— Il prend de mauvaises décisions, je rétorque, agacé.

Je me maudis de l'avoir dit à voix haute. Dead Creaving ne prend pas de mauvaises décisions, il est juste, c'est moi qui ne les considère pas toutes bonnes.

Hope m'affronte durement.

— C'est notre père et il prend de bonnes décisions, seulement, elles ne te conviennent pas. Ce qu'il s'est passé lors de cet affrontement était imprévisible, tu vas finir par cesser cette rancœur ? Personne n'est mort.

On aurait pu y rester. Lachlan aurait pu crever et il en porte encore les marques.

— Nous sommes la Garde, frangin, le risque, c'est notre travail. Ne mets pas ça sur le dos de papa.

Hope s'interrompt un instant.

— Sauf si c'est vis-à-vis de Lach. Là, je pourrais comprendre.

Je jure, elle aussi ne va pas s'y mettre. Depuis que c'est terminé, tout le monde se mêle de notre histoire alors qu'elle n'intéressait personne avant.

Qui ça intéresserait une histoire d'amitié fraternelle déviant vers une… attirance plus que charnelle ? Personne ! Ils ont mis dix ans à s'en rendre compte, je n'ai de conseils à recevoir d'aucun d'eux.

— Arrête, ne commence pas Hope, s'il te plait, je la brusque.

— Tu sais que je n'ai pas complètement tort. Seulement, tu ne veux pas l'entendre.

Sa main frotte mon bras, elle tente de se montrer amicale, mais je n'arrive pas à l'accepter.

— Vous êtes d'un compliqué, mais vous voulez la même chose.

La bonne blague.

Pourquoi tu me parles de ça maintenant frangine ?

— Je veux juste survivre Hope. Je ne vais pas l'entraîner là-dedans, je tente de la convaincre.
— Moi je veux te voir heureux.
— Mais ça a un prix.

Ma petite sœur me sourit tristement. Pourquoi vouloir faire ceux qui ignorent tout alors qu'ils savent que je basculerai. Je n'ai rien à offrir à quelqu'un si ce n'est les ténèbres.

— On paie toujours quelque chose, mais ça vaut souvent le coup. Regarde les parents.

Nous nous tournons vers eux dans l'immense sale high-tech connectée avec le restant du monde. C'est un peu le cerveau du pouvoir américain en plus moderne à présent.

Mon père et ma mère sont assis l'un près de l'autre. Il lui murmure quelque chose à l'oreille qui la fait rire. Ils n'ont pas changé lorsqu'on regarde les photos datant de plus de trente ans.

Ils sont heureux et ils s'aiment. Je n'en ai jamais douté. Ils se le prouvent au quotidien. Il suffit de voir comment Dead et Faith Creaving s'observent pour comprendre. J'ai rarement croisé des gens capables d'autant de passion et d'affection avec l'autre. Quand on connaît leur histoire, on apprend que l'amour est aussi beau que rédempteur, mais rempli de sacrifices.

Je ne vois pas les choses ainsi.

L'amour est un concept destructeur pour moi. Même s'il m'a sauvé durant mes vingt-cinq premières années, désormais, l'éternité ne sera dédiée qu'à la solitude et au combat.

Je ne serai pas à ce point égoïste. Même si une part de moi voudrait l'être, on m'a appris que la faiblesse dans mon cas serait pire que la reddition, ce serait ouvrir les portes au mal.

Alors je les ferme, même si je m'enferme au passage.

***

Les enlèvements commencent toujours de la même façon. Du jour au lendemain, nous n'avons plus aucune nouvelle d'un QG. Le silence domine sur les communications quasi journalières entre les différentes capitales du monde. Ne pas répondre est synonyme de danger.

Quand nous nous rendons sur place, les membres du gouvernement attaqué ont, soit disparu, soit été exécutés. C'est un véritable bain de sang, orchestré par des gens puissants.

Une question demeure à chaque fois : est-ce qu'il y a des traîtres ? Forcer la sécurité des QG des gouvernements est quasiment impossible. Depuis mon enlèvement quand j'étais encore un petit enfant, mon père n'a jamais cessé de perfectionner les moyens de protéger le cœur de notre monde en sécurisant ceux qui le dirige.

Il y a des zones d'ombre que nous n'arrivons pas à éclaircir depuis six mois. Notamment, qui serait capable, à ce jour, d'enlever des vampires aussi puissants ?

Les seuls corps que nous ne retrouvons pas au bout de plusieurs semaines de recherches sont toujours ceux des femmes des dirigeants, quand elles n'incarnent pas cette fonction. Qu'est-ce que cette menace fait d'elles ? Pourquoi les femmes et pas les hommes ?

Les scènes de crimes ressemblent à des exécutions. Nous trouvons les corps dans les salles de réunions, tous exsanguinés, certains démembrés, et décapités, tout est fait pour que nous ne puissions ramener personne à la vie. Les individus qui agissent savent quoi faire pour tuer des vampires. Ils possèdent beaucoup de connaissances sur notre race.

Quel est le but de tout ça ?

Depuis plusieurs mois, nous taisons aux pays ce qu'il se passe en interne. Mon père a nommé des remplaçants provisoires qui font bonne figure en attendant d'avoir des réponses. Mais ces dernières ne viennent jamais. Aujourd'hui, la réunion d'urgence entre le Conseil et la Garde se fait en intimité. Seuls, mes parents, Louis, Deryck et Senan sont présents. Est-ce une volonté ? Ou se passe-t-il quelque chose de plus important dont nous ignorons tout ?

Tout ce que je sais, c'est que les faits qui sont en train de nous être présentés me rappellent les précédentes affaires. Senan termine de nous débriefer les informations récoltées par des vampires sur les lieux, ils nous ont confirmé ce qui est le plus inquiétant : pas moyen d'approcher du QG, tellement la zone dégage une impression de danger. Volker nous confirme que c'est un sort utilisé par des mages sombres, un moyen de dissuasion de la part de personnes mal intentionnées.

Dans quel but ?

On n'en sait rien, et c'est bien ça le problème : des morts, des disparues, pas d'indices. Même Volker ne voit jamais rien, seulement des ombres qui œuvrent. Les massacres, il les ressent, mais il n'arrive jamais à voir de quelle main ils sont exécutés.

Un silence s'installe lorsque Senan éteint les images filmées du QG éloigné de la capitale. Il y a ce maudit brouillard.

Tout le monde réfléchit, les pensées fusent, j'en entends certaines, d'autres n'ont aucun rapport. Pour ma part, je ne pense pas. Je me refuse de le faire en présence de mon père. Il y lirait des choses qui lui déplairaient ou pire... qui l'inquiéterait. Et à trente ans, je ne veux plus que mes parents tentent quoi que ce soit pour moi. Je suis adulte, je dois me débrouiller seul. Avec mes emmerdes et mes conflits.

Pourtant, depuis cinq ans, ils me regardent toujours avec cette lueur : celle du regret et de l'impuissance. Comme s'ils regrettaient de ne pas avoir pu faire plus pour moi.

— Combien y'a-t-il de vampires travaillant dans le QG écossais ? je demande.

À mes côtés, Daemon sous ses airs de branleur prend note. Il a une mémoire impressionnante concernant les informations. C'est notre tête. Un vrai génie qui ne sait pas toujours exploiter ses talents.

— 124 vampires, répond Deryck en vérifiant dans ses documents.

— Des humains ? renchérit Hope.

— Une vingtaine. Certains à des postes élevés, répond ma mère.

Ses cheveux noirs lui tombent en cascade sur les épaules. Je la dévisage toujours avec cette sensation d'abandon et de plénitude. Ma mère n'est pas comme mon père. Même si elle dirige à ses côtés le pays d'une main ferme, elle est différente. Elle est tendre, plus qu'elle ne l'aurait pensé. Faith Creaving a été une mère des plus formidables. Une amie, une confidente. Elle a su nous mener au bout de nos capacités, nous a appris des valeurs, comme le respect des vies humaines.

— On a déjà écarté cette possibilité, nous rappelle Sawyer.

Senan acquiesce face aux propos de sa fille, le mâle est le père le plus discret de tous. En public, on ne se douterait pas qu'ils ont un lien de parenté, si lui et Sawyer ne partageaient pas le même regard pourpre. Les Zederman savent faire ce que les Creaving sont incapables : laisser le privé, au privé.

— C'est plus que maléfique, intervient Volker, il règne dans ses lieux une sensation de mal intense. Il s'est infiltré dans les murs des bâtisses. De tels massacres marquent les esprits et les endroits.

Les paroles du sorcier lancent un froid dans la grande pièce où règnent les derniers appareils technologiques, des télévisions tournent en boucle, des tableaux affichent des résultats que je ne comprends pas toujours. Plus jeune, je pensais être dans une organisation secrète tellement ma vie et celle de mes parents me semblait être digne d'un film.

Sauf que c'est notre réalité.

— Cette fois-ci, je veux que vous trouviez des preuves, même si vous devez rester des mois sur le sol écossais, je refuse que l'on pense que nous sommes incapables de protéger nos pairs. Je ne veux pas qu'on ait à ajouter un autre QG à notre maudite liste…

— Nous ne sommes certains de rien, je l'interromps, d'humeur à défier mon père.

Ce dernier se tourne vers moi. Je sens le regard de ma mère et de Hope. La tension se décuple vitesse grand V alors que nous nous affrontons silencieusement. Yeux bleus contre yeux bleus, caractère de merde contre caractère de merde.

— Neass Gallagher n'est pas le genre de femme à manquer à ses responsabilités. Si elle le fait, c'est qu'un problème grave l'a retenue. Son silence m'inquiète d'autant plus que même son époux ne répond pas. Ce n'est pas une supposition, je sais qu'il est arrivé quelque chose de terrible.

Dead ne lève pas une fois la voix, mais le Président des États-Unis me fait intelligemment comprendre que mes propos n'ont pas leur place ici. Les faits sont là. Je n'ai pas à contester la vérité, ni son autorité.

Je soupire, agacé d'être à ce point fébrile, de vouloir toujours rentrer dans la discorde avec lui depuis que nous avons affronté le pire au sein de la garde.

Certaines rancœurs ont du mal à s'échapper de mon esprit… et ça a toujours été ainsi. Je suis rempli de défauts, je suis colérique, imprévisible et rancunier.

Parfois, lorsque je regarde Dead Creaving, je ne m'y retrouve pas. Pourtant, je suis son fils. Nous partageons les mêmes traits, son sang coule dans mes veines, son passé est le mien. Mais je suis un fils a dix mille lieux de la réalité de ses espérances.

Et même si l'amour est là, même si nous sommes liés, certaines blessures ne cicatriseront jamais, que ce soit dans le cœur de mes parents ou dans le mien.

***

Vingt minutes plus tard, alors que nous venons de terminer l'ordre de mission et les moyens déployés pour la Garde sur place, la salle se vide avec rapidité. Chacun a à faire avant notre départ dans la soirée.

Je suis le dernier à me lever de ma chaise, sous le regard bleu nuit de mon père qui n'a pas bougé.

Je sais que nous allons avoir une conversation. Comme souvent. J'espère seulement être plus adulte cette fois-ci.

— Fils.

Je m'arrête dans mon élan, je ne suis même pas surpris et aujourd'hui, je n'ai pas envie de prendre la fuite.

Je me tourne pour lui faire face. Mon père pourrait être mon frère tellement notre ressemblance est frappante. La cicatrice sur son visage lui donne toujours l'impression d'être ce roc indestructible qui a chuté pourtant, mais qui s'est relevé. Il est secrètement le modèle que j'ai. Il le sera toujours. Son histoire, je la connais par cœur. Dans plusieurs siècles, on la racontera encore.

Mais je suis trop fier pour reconnaître que j'ai besoin de lui, parce que j'ai sans cesse l'impression que je ne serai jamais à la hauteur de Dead Creaving.

Je le regarde m'observer, un sourire franc se dessine sur ses lèvres alors que ses canines apparaissent. Je ne suis pas prêt pour ce qui va suivre.

— J'ai confiance en toi, déclare Dead sans la moindre hésitation, même si je n'ai plus la tienne depuis l'affrontement du bastion démons.

Je me fige en entendant ses mots. Mon rythme cardiaque s'emballe, la stupeur doit se dessiner sur mes traits.

Qu'est-ce qui lui fait dire... ça ?

Mon père est si sérieux, il n'a pas l'air d'avoir envie de me sermonner, simplement, il me prouve une fois de plus, son infime sagesse : celle d'un homme qui sait parler, en n'importe quelle circonstance, surtout quand il a tort.

— Tu n'as pas besoin de trouver un discours pour me dire le contraire, j'en ai conscience. Seulement, j'espère qu'avec le temps, tu comprendras mes choix et mes erreurs. Cette histoire n'en était pas une.

Je serre les poings, finalement... j'ai peut-être parlé trop vite. Si j'admire le pas qu'il a fait, j'apprécie beaucoup moins ses explications.

Il a failli crever, Papa !

— Je ne suis pas de cet avis, je jure, la mâchoire serrée.

Mes réactions parlent pour elles-mêmes, cet affrontement me hante tellement que la colère et l'incompréhension me dominent toujours. Je n'ai jamais compris pourquoi mon père avait fait ce choix-là et sans doute, je ne le comprendrai jamais. Nous envoyer dans la précipitation en Enfer régler ce problème sans renforts rapprochés, c'était signer notre mort.

La Garde a failli mourir d'ailleurs, n'eut été l'aide des Spectres.

Je ne vois même pas la victoire, je ne vois que ce que j'aurais pu perdre ce jour-là et ça me bouffe.

— Je le sais, et c'est ton droit.

Mon père se lève en inspirant, ses yeux bleus ne quittent toujours pas les miens alors qu'il m'exprime le fond de sa pensée, et là, vient ce à quoi je m'attendais.

Le rappel à l'ordre.

— En revanche, je ne veux plus que tu contestes mes décisions en public. Tu es mon fils, mais en réunion, tu es sous mes ordres. Je suis le président et tu es le chef de la garde, à ce titre, les querelles familiales n'ont pas leur place, les tentatives d'affrontements non plus. Aujourd'hui encore, tu m'as montré que cela devenait de plus en plus compliqué.

Je ne claque pas la porte comme la dernière fois en coupant court à cet échange. Non, je l'assume et j'arrive même à lui faire part de ce que je ressens. Il a raison, c'est de plus en plus compliqué. Nos tensions s'accumulent, nos discordes et nos rancœurs s'entassent.

Qu'avons-nous fait de notre relation Papa ?

Un soupir résonne, le mien, désespéré de ne pas me comprendre.

— Je ne te déteste pas, Papa, je murmure d'une voix éteinte.

— Je le sais.

— Seulement...

— Seulement tu es encore en colère malgré les mois qui viennent de passer. Il te faut un coupable pour ce qu'il s'est produit, je suis le responsable. Et si ça t'aide à faire le deuil des dernières années, je suis prêt à l'affronter

Dead s'approche de moi. L'atmosphère dans la pièce s'alourdit et je repense à ces dernières années, avant que la malédiction n'arrive, quand il n'y avait que la complicité, l'insouciance et le désir de faire de grandes choses.

Qu'avons-nous fait de notre relation Papa ? je me répète.

Le mal sommeillait et je ne m'en souciais pas. Mon père m'a montré que malgré l'horreur, les choses pouvaient être intenses... la réalité n'en a été que plus dure. Désormais, j'agis comme je peux.

Je survis avec ce que je ressens.

Je survis sans eux pour couvrir mes arrières.

— Je sais que tu t'éloignes de ta famille pour des raisons que nous comprenons. Nous aussi, nous l'avons vécu avec ta mère et...

— Vous n'étiez pas des bombes à retardement, je le coupe, en voyant qu'il a visé juste.

Encore une fois. Mon père sait qu'il y a un problème, il n'ignore pas que je lui cache des choses au sujet de mon état de santé, ni même avec mon bras droit. Cela fait des mois, depuis l'affrontement, que je ne lui ai plus parlé, ni à lui, ni à maman de ce qu'il se produisait.

Je les tiens à l'écart pour les protéger de cette culpabilité.

Mon paternel change radicalement de sujet en voyant que ma « putain de tare » me fait partir au quart de tour.

J'en ai marre des explications, marre de la compassion.

— Je crois qu'il te faut un but, tu as besoin de te prouver que tu es encore capable d'agir malgré les changements, conclut mon père, sans insister.

Je note bien la déception dans son regard de ne pas réussir à recoller des morceaux de notre relation. Il n'y est pour rien... c'est moi le problème.

Un jour, peut-être que je cesserai de ressentir cette colère à chaque fois que je vis des événements traumatisants.

Un jour, peut-être que j'arrêterai de vouloir me mettre en compétition avec lui, alors que mon père ne m'a jamais demandé de lui ressembler.

Je détourne le regard pour m'en aller, un étau dans ma poitrine se resserre.

Il a raison : je m'éloigne, je me trouve des coupables à ce que je vis et ressens alors qu'il n'y en a pas.

Je suis versatile même dans mes humeurs, une putain de bombe.

— Reaper ?

Je m'arrête au niveau de la porte d'entrée de la salle de réunion, le regard lourd de mon père sur moi.

— Même si nous traversons une passe difficile, tu es toujours mon fils et je crois en toi. Sans ta présence, nous aurions pu avoir une guerre face à l'affrontement des démons. Je sais ce que je te dois. Même si tu n'es pas d'accord avec mes choix. Je sais qui tu es, même quand tu doutes de toi. Moi, je ne douterai jamais. N'oublie pas que je t'aime, même après trente ans.

J'encaisse ses propos qui me touchent plus qu'ils ne le devraient, mais c'est Dead Creaving, c'est mon père, un homme bon, un vampire juste, et intelligent... et il a raison.

Et même si nous ne nous entendons pas ces derniers temps, au plus profond de moi, je sais que sans lui, sans sa confiance et sans la Garde, j'aurais perdu l'esprit depuis bien longtemps.

***

— Reap !

Je suis réveillé par des secousses violentes comme si on me prenait pour un sac à pommes de terre. Lorsque j'ouvre les yeux, Volker est face à moi. Le vampire aux cheveux noirs et aux yeux violets me scrute avec méfiance alors qu'il est penché dans ma direction, comme pour m'examiner.

— Qu'est-ce qu'il t'a pris ? je demande d'une voix rauque en essayant de calmer l'organe dans ma poitrine.

— Tu ne me semblais pas bien, me répond Volker en s'essayant face à moi sur le siège vide.

Ses pupilles rouges apparaissent de plus en plus souvent, ses cheveux de feu aussi.

— Qui est la femme qui hante ton esprit quand tu dors ? m'interroge-t-il.

Le demi-sorcier n'a pas pour habitude de tourner autour du pot, surtout quand il voit une pensée des plus sombres en nous, en moi surtout.

Je soupire en me laissant aller contre mon siège, je jette un coup d'œil aux autres, ils sont tous endormis. Même ma sœur a fini par me lâcher. Elle est dans les bras de Daemon, comme d'habitude, et mon cousin semble mieux la protéger que moi.

— Je n'en sais rien, je jure, je la vois de plus en plus quand mon esprit est plongé dans le sommeil.

Ce n'est qu'un songe, mais la femme est d'une beauté extraordinaire. Le genre qu'on retrouve chez certaines démones dont l'apparence est si superbe, qu'elle flirte avec le maléfique. Ses yeux rouges sont hypnotisant en plus d'être rares, même si je côtoie deux personnes en possédant. Sa voix porte un accent particulier, et son sourire semble cacher plus d'un secret.

Je me demande si elle existe vraiment ou si ma tête me vend une femme parfaite, un fantasme que je n'aurai pas.

Comme Lachlan.
Comme la paix.
Comme la liberté.

— Est-ce que tu as remarqué d'autres symptômes ? me questionne Volker.

Je secoue la tête, je dois avouer que sans lui, j'aurais peut-être déjà basculé dans la folie. Le jeune sorcier de trois ans mon cadet est un féru de mythes et de légendes. Depuis des années, il travaille sur ma malédiction en essayant de trouver des témoignages, des solutions.

— Il n'y a que les voix et les rêves, je réponds avec sincérité.

Et mon caractère de merde.

Ce n'est pas seulement une conséquence à tes problèmes, mon pote.

Je me mets à sourire face à la réflexion du vampire dans ma tête. Parfois, c'est agréable d'avoir un autre télépathe.

— Et les voix te disent quoi ?

Je me raidis en me souvenant du regard intense de la rousse qui murmurait à mon oreille : *J'arrive. Nous arrivons.*

— Qu'elles arrivent, je réponds, la gorge nouée.

Je jure, c'est complètement stupide et ça peut être tellement de choses à la fois.

Je passe une main dans mes cheveux sombres en me maudissant. Volker se fige à son tour en me sentant si nerveux. À force d'attendre les signes, on bascule dans une sorte de paranoïa à croire tout et n'importe quoi.

— C'est tout et rien, Reaper.

— Je sais. Le mal qui sommeille est fourbe, je dois me méfier.

Même de moi.

Je sens naître dans l'atmosphère un sentiment qui me déplaît. C'est toujours la même rengaine depuis qu'on sait. J'affronte le regard absent du fils de Senan.

— Volk, je ne veux pas l'entendre, je le maudis, je ne veux pas que tu me dises que je devrais avoir des couilles.

— OK, mais je te le dis quand même : ait les couilles de faire ça. Pour toi.

Il se tourne vers Lachlan qui dort à l'autre bout de l'avion. Loin de moi, parce qu'on s'est clairement dit que l'éloignement était ce qu'il y avait de mieux, puisqu'aucun de nous deux ne veut quitter la Garde.

C'est de la connerie, l'évitement nous amène toujours aux retrouvailles.

— Ou pour lui. Parce qu'il n'attend que ça.

— Je ne peux pas. C'est fini, Volk. C'est…

Mon ami lève une main pour me faire taire, ce qui m'agace profondément. Je ne supporte pas l'autorité des autres et je l'ai sévèrement payé durant mon adolescence. Dead Creaving est patient, mais il y a des choses que mon père n'acceptait pas. J'ai toujours été un rebelle, fuyant cette putain de destinée que je n'ai pas voulue. Et ma sœur me considère comme un lâche parce que je ne suis pas capable d'assumer ce que je veux.

C'est bien ça le problème, je ne sais pas ce que je veux, tout n'est que pulsions, colère, et bien souvent, incontrôlable. C'est bien pour cela que je dirige la garde. On m'a fourré une responsabilité pour me canaliser. Mon père est intelligent, parce que ça marche. Malheureusement, mes vices et mes défauts ressortent bien souvent.

— Ce n'est qu'une vision, Reap.

Elle ne venait pas de n'importe qui. Je la crois capable de se réaliser, et si je me fie à ce que j'ai vu, je perdrai l'une des personnes qui m'est le plus chères parce que j'aurai succombé à des sentiments que je me suis fermement interdit de ressentir.

Aucun discours ne me fera pas changer d'avis, même Lach le sait.

— Je ne veux pas.

Volker soupire en secouant la tête, même si je fais en sorte de ne pas entendre, dans ma tête résonne les propos du sorcier.

Un jour, tu le regretteras. Et peut-être qu'il sera trop tard.

— C'est déjà trop tard, je marmonne, la malédiction prend le dessus depuis cinq ans déjà.

Il y a toujours une solution.

Un rire bref m'échappe dans l'obscurité de l'avion nous menant sur le sol écossais. Plus j'entends les mots de Volk parlant à mon esprit, plus je ris jaune.

Mes parents ont fait des recherches, et il est impossible de guérir d'une malédiction de sang. Volker me l'a confirmé, je devrai vivre avec… jusqu'à ce qu'elle m'emporte puisque je refuse l'unique solution qui n'en est pas une à mes yeux. L'un des seuls apaisements qui existent, je ne veux pas m'y résoudre. Ce serait condamner quelqu'un aux mêmes maux que moi et je m'y refuse. L'enfer a suffisamment de bonnes âmes sous son joug pour lui en donner une de plus.

Il faudrait que je m'unisse à quelqu'un, que je lui donne mon sang, qu'il me donne le sien, qu'on ne fasse plus qu'un par la chair, par le corps, par l'esprit… par le reste.

Et je ne laisserai jamais personne posséder autant de choses me concernant.

CHAPITRE 3

Reaper

La tension et le danger planent dans l'atmosphère alors que nous nous observons le QG du gouvernement écossais. La bâtisse est en haut d'une colline, surplombant la vallée plutôt éloignée de la Capitale. C'est un choix stratégique que je n'aurais pas fait, mais la gardienne des lieux avait sans doute ses raisons.

Je remets les jumelles infrarouges sur mon nez pour regarder les alentours, on dirait que les lieux sont abandonnés.

Un sentiment étrange nous gagne comme les fois précédentes. Le silence est maître, ce n'est pas de bon augure.

Je m'approche de Volker qui est en méditation depuis un bon quart d'heure, il espère sentir ou voir quelque chose, mais nous savons tous que ça ne servira à rien. Il faudra pénétrer les lieux pour découvrir par nos propres yeux.

Ce sort de dissuasion n'est pas dangereux, il est simplement… flippant, quand on entre dans son champ de propagation, il se produit des événements qui font délirer l'esprit.

Par chance, l'entraînement de la Garde par Senan et l'un des bras droits de Wraith Shadow, nous a permis d'avancer malgré ce que nous pourrions voir.

Ces sessions me filent encore une putain de trouille ! Les deux mâles étaient terrifiants, mais formaient un bon vaccin à la peur.

Les sorts nous touchent, mais ils ne nous atteignent jamais lorsqu'ils ne sont que des camouflages à l'horreur.

— Alors ? je demande en sortant Volker de sa transe.

Le sorcier ouvre les yeux la seconde d'après, son expression reste de marbre lorsqu'il m'explique clairement et comme toutes les autres fois :

— Les murs hurlent de douleur et de sang. Il y a eu un carnage, je présume. Mais avec le sort, cela peut être une simple impression.

À mon avis, c'est plus qu'une impression, c'est la réalité. Nous allons devoir déplorer la perte du gouvernement écossais.

— Est-ce que tu as vu des survivants ? je l'interroge malgré tout.

Je demande en sachant très bien que la réponse sera négative. Le regard violet du demi-vampire en dit long, le mâle est frustré de ne rien voir et je le rejoins.

— Non, mais avec le sort…

— OK, nous y allons dans ce cas, je conclus sans chercher à comprendre.

Il n'y a rien de pire pour la Garde que foncer dans l'inconnu. Nous aimons le danger, l'imprévu, mais dans certaines circonstances, nous préférons savoir ce qui nous attend, surtout dans ces conditions.

Je me tourne vers le restant de l'unité. Chacun termine de se changer et de revêtir ses éléments de protection. L'uniforme de la garde est loin d'être des plus pratiques, mais les longs manteaux noirs à capuche nous offrent une discrétion dans la nuit.

Je vérifie mon holster et les deux canifs que j'ai dans mes rangers. Une fois que l'équipement de chacun est en place, je lance quelques dernières instructions.

— On fait comme d'habitude, Volker avec Lachlan, Hope avec Anneliese, Egon avec Sawyer et Daemon avec moi. Inspection salle après salle, vérifiez tous les cadavres. On se retrouve dans la salle de réunion électronique. Chaque équipe prend un étage.

Nous avons étudié les plans de la bâtisse avant notre atterrissage, cette dernière a été construite, à quelques détails près, comme celle de la Maison Noire. Il y a un cœur au QG, et généralement, si nos soupçons s'avèrent justes, c'est là que nous retrouverons le lieu des crimes.

Lachlan ne moufte pas en comprenant que je ferai équipe avec mon cousin plutôt qu'avec lui. C'est ainsi depuis plusieurs mois.

Quelques minutes plus tard, alors qu'une pluie fine commence à dévaler le long de nos manteaux de cuir, nous pénétrons la zone où le sort opère.

Un silence inquiétant règne, personne ne dit un mot alors que nous marchons. L'illusion se dévoile, des chuchotements résonnent à travers la brume épaisse. Nous sortons tous nos lampes en continuant de marcher.

Je déconnecte mon esprit, les voix de mes compatriotes dans ma tête me suffisent pour que je n'entende pas celles d'un sort maléfique.

Des rires sordides partent dans l'écho cependant, Volker derrière moi est nerveux, je sais que sa sœur le fera avancer quoi qu'il se passe. Nous savons tous que dès que nous franchirons le sas du bâtiment, le sort s'estompera.

Ce n'est qu'une question de minutes.

On remonte la colline sur nos gardes, le maléfice retient les gens voulant s'introduire, mais il ne protège pas des individus qui pourraient être tapis dans l'ombre.

Cinq minutes plus tard, nous arrivons devant la porte d'entrée. Daemon s'approche, mon cousin est un adepte des serrures et de toutes les choses qu'on doit ouvrir. Cette fois-ci, et comme les précédentes, il n'a pas besoin d'user de ses talents, c'est ouvert.

On se jette un regard. ***Ça pue, mon pote***, me dit-il dans ma tête pour que moi seul entende.

J'acquiesce et fais signe sans dire un mot à voix haute que nous y allons.

Ensemble, nous pénétrons la demeure, instinctivement, les binômes se forment. Daemon me suit alors que nous nous rendons vers l'étage administratif où les bureaux et l'immense bibliothèque se trouvent.

Il n'y a pas de lumière, mais nos yeux sont plus qu'habitués à l'obscurité. Mon cousin est sur mes pas, nous avançons tranquillement et l'odeur de sang se fait plus intense. Mes canines s'allongent par automatisme, mon rythme cardiaque s'accélère alors que mon instinct me dit de clairement faire gaffe.

Derrière moi Daemon est nerveux, on s'arrête devant le premier bureau, rien à signaler, mais plus on avance dans le couloir de l'aile gauche, plus l'odeur de sang est forte. Je repousse des pulsions sanguines.

Je me fige lorsque ma lampe me montre une trainée de sang sur le sol, allant d'un bureau à une autre pièce. Je fais signe à Daemon.

On va aller voir, je crois que ça mène à la bibliothèque, me lance-t-il en gardant le silence.

J'essaie de me remémorer le plan, mais une douleur fulgurante me fait fermer les yeux. Daemon serre mon épaule comme pour me montrer qu'il est là, que je dois me raccrocher à la réalité.

Des voix reviennent hanter ma tête, féminines et sombres, elles ne cessent de répéter un mantra qui résonne en moi.

Obscurité, tu es notre malédiction.

Obscurité, tu es notre ordre.

Obscurité, tu nous as déchu.

Obscurité, nous nous vengerons.

Obscurité, le sang sera versé.

Obscurité, le sang est déjà versé.

Je n'entends plus mon cousin me parler, rompant ce silence qui est obligatoire avec moi pour ne pas alerter quelqu'un. Je crois même qu'il me secoue, mais rien ne se produit. Les voix demeurent. Elles se répètent.

Je n'ai qu'un maudit flash me montrant un corps étendu sur une moquette, baignant dans son propre sang, des cheveux roux sont répandus autour d'un visage sublime à la peau pâle.

Pourquoi je vois une morte ?

Pourquoi les voix me montrent une morte ?

Je secoue la tête, j'essaie d'ouvrir les yeux, mais les images demeurent, je suis aveugle, victime de mon propre esprit.

Je ne suis pas prêt à ce qu'il se produit.

Je vois la morte respirer brutalement, ses yeux verts s'ouvrent, terrifiés et agonisants, les voix hurlent leur mantra et mon cerveau se déconnecte.

Un instinct incontrôlable prend possession de mon corps. Les images cessent, mais pas les voix. Je me mets à courir dans le couloir, bousculant Daemon qui me demande où je vais.

Je ne réfléchis pas, je suis dicté par une chose impossible à stopper. Je me dirige vers une porte entrebâillée au fond du couloir, je vois le panneau bibliothèque. J'y entre en faisant claquer le bois contre le mur et découvre une femme allongée dans le coin.

Mon cœur se fige, elle saigne encore, elle semble... vivante. Comment peut-on survivre aux blessures que je vois ?

Je l'ignore, mais cette humaine ne veut pas mourir.

J'entends à peine les battements dans sa poitrine, sa respiration est faible, ses yeux sont clos à présent.

Ai-je rêvé ?

Je l'ignore encore, mais mon instinct, lui, débloque totalement. En la voyant là, allongée sur le sol, blessée, il me dicte de commettre l'impensable.

Je n'arrive pas à me dire non, à me convaincre de ne pas le faire. Je la vois mourante et mon corps me guide vers elle, attiré comme un aimant par cette femme rousse.

Je m'approche pour m'asseoir à ses côtés, mon corps bouge, mon esprit ne fonctionne plus. Mes canines s'étirent un peu plus, perçant presque mes lèvres. Un besoin irrépressible me torture de faire quelque chose pour cette inconnue.

J'aimerais m'arrêter, mais je ne peux pas, à vrai dire, je n'y pense même pas.

J'agis.

Est-ce la malédiction qui parle ? Est-ce que je vais empoisonner une femme innocente ?

Oui.

Personne n'a le temps de dire quoi que ce soit que je scelle nos deux sorts. Je lie, d'une certaine façon, ma vie à celle d'une mourante.

Je ne réfléchis pas, pour sauver une vie humaine qui ne mérite pas de s'éteindre et parce que je suis incapable de me contrôler.

Exécute ! me hurle une voix dans ma tête.

Ne la laisse pas mourir, résonne une autre.

Et je bascule. Je mors mon poignet, mon sang emplit ma bouche.

Maudit.

Dégoûtant.

Interdit.

Je ne prends même pas la peine de vérifier qu'elle est toujours vivante, je l'attire contre moi en déchiquetant ma chair pour garder la plaie ouverte. Dès que la rousse est dans mes bras, je porte mon poignet à ses lèvres. Le sang coule en elle et mon instinct espère que cela fonctionnera.

Je n'entends même pas l'intervention de Daemon derrière moi, ni l'arrivée des autres. Personne n'ose intervenir. Je suis présent, mais déconnecté. Ce n'est plus moi, j'agis, victime des voix, victime de quelque chose que je ne comprends pas.

Et je tente l'irréparable, je tente le définitif, ce qui fera d'elle, un être comme moi. Je lui donne mon sang maudit en espérant qu'il la sauve d'une mort qui semble lui tendre les bras.

***

Quelques heures plus tard.

Je tire sur ma clope en appréciant le silence. J'ai l'impression qu'un rocher m'a percuté et écrasé. La fatigue m'assomme. Je n'arrive pas à réaliser ce que j'ai fait. Comment ça s'est fait et mon impossibilité d'agir contre mon instinct.

Aujourd'hui, ma vie a pris un sacré tournant, la malédiction a avancé un peu plus.

Qu'est-ce qu'il va m'arriver si je ne peux plus me contrôler ?

Je ne me tourne pas quand j'entends les pas pressés de Lach derrière moi. Je regarde le paysage funeste et pluvieux de l'Écosse nocturne, où le rivage s'échoue contre les falaises dans des tons gris. On m'a souvent raconté que tout était d'un vert éclatant quand le soleil dominait le jour. Encore une chose que je ne connaîtrai jamais avec la nuit éternelle.

Par contre, la fureur de mon… meilleur ami, je la perçois comme de l'eau claire, elle émane de son corps et me percute avec force. Lachlan est fou de rage… et je le comprends.

— Qu'est-ce qui t'a pris ?! s'exclame durement le mâle, tu l'as…

Il n'arrive même pas à le dire à voix haute et dans ses mots, j'entends la rancœur mêlée à l'incompréhension, mais surtout, je ressens sa jalousie.

Et la douleur, bordel, cette douleur, celle qui n'est censée lier que des amants.

Je le comprends encore. Je viens de donner à une inconnue, ce que je n'ai jamais voulu lui donner : mon sang maudit.

Je tire sur ma cigarette en tremblant. J'ai sauvé une humaine, je l'ai transformée et peut-être qu'elle ne survivra même pas à mon don.

Je suis un enfoiré.

— Je l'ignore, je murmure.

— Tu…

Mon meilleur ami se tait. Je sens éclater en lui de la haine pure. Je me tourne pour lui faire face, ses yeux verts sont noyés sous la rage.

— Lach… je commence en essayant de trouver les mots.

Des réponses à des questions que je ne comprends même pas. Je n'ai pas eu le temps d'en parler avec Volker, de faire le point. Tout ce dont je me souviens, c'est l'absence de contrôle. Je me suis jeté sur l'humaine pour la sauver, je lui ai donné mon sang, les voix hantaient ma tête et j'ai perdu connaissance. Je me suis réveillé quelques instants plus tard, étendu aux côtés de la femme qui respirait. Tout le monde me dévisageait sans savoir quoi dire, puis nos instincts ont pris le dessus. Certains se sont occupés de l'inconnue et moi, je me suis relevé et j'ai continué sans chercher à justifier mes actes. Tout le monde avait compris.

Je perds le contrôle.

— Je ne sais pas comment le prendre, Reap, me coupe Lachlan, j'essaie de me dire que ce n'était qu'un acte de bravoure, mais…

— Mais tu n'y arrives pas ? je termine à sa place.

— Je n'y arrive pas, me confirme Lachlan.

Le silence s'abat entre nous. Tendu, violent. Le vampire m'affronte durement. Il lève un doigt dans ma direction en s'approchant. Sa langue se délie, rageuse.

— Je voulais que ça soit moi. Ça devait être moi, me reproche-t-il en serrant les poings.

Je m'appuie contre le rebord du balcon en pierre. Attendant que la violence éclate pour de bon. Mais au lieu de me taire, je romps le silence.

— Parce que tu crois que je ne le voulais pas aussi ?

Bordel, ça m'a vraiment échappé ?

Je dois afficher une sale tête, vu l'expression qui se dessine sur celle de Lachlan. Je crois que c'est la première fois que je le reconnais aussi ouvertement.

Dans une autre vie, si j'étais moins lâche, moins maudit et plus courageux, j'aurais peut-être pu être avec lui.

— Tu as donné ton sang à une inconnue…

Il plane dans l'air un sentiment d'appartenance. Comme si mon putain de sang maudit devait être à lui.

Non Lach, non impossible.

— Il s'estompera avec le temps, quand elle prendra celui d'humains et d'autres vampires, je le reprends. Je ne suis pas lié avec elle, Lach…

Son poing s'abat sur mon visage la seconde d'après. C'est tellement imprévisible que je ne l'ai pas vu venir. Le coup est rude, il enflamme toute ma joue et me plaque davantage contre la dernière protection avant le vide.

Je dévisage Lach, il secoue sa main en me massacrant du regard, c'est bien la première fois que je le vois dans cet état.

Tu as donné quelque chose à une inconnue que tu lui as toujours refusé ! me fustige une voix.

Il ne le méritait pas, lance une autre.

— Si ! D'une certaine façon, vous êtes liés. Comme mon père et le tien ! Tu l'as transformée ! Tu lui as donné un lien que jamais nous n'aurons. C'est peut-être même le seul que tu auras avec quelqu'un !

Lachlan explose, il brise ses promesses, celles de ne pas étendre nos sentiments. Il me les renvoie en pleine gueule, avec violence.

Louis Stanhope et Dead Creaving sont liés par le sang, parce que l'un a transformé l'autre. Ce n'est pas de l'amour, c'est de la fraternité.

J'aimerais nier, mais Lach a raison. Un vampire qui transforme un être est lié avec cette personne d'une certaine façon.

Mon meilleur ami me surprend en rompant le dernier pas qui nous sépare, il me saisit par les pans de mon manteau et m'attire à lui en nous plaquant contre le rebord en pierre. Son odeur familière m'envahit, sa proximité éveille mes sens.

Il ne devrait pas faire ça.

Ne fais pas ça, Lach.

— Tu n'as plus de raison de me dire non, désormais, commence Lachlan sur le ton de la menace.

— Ce n'est pas pareil, bon sang !

J'essaie d'échapper à sa prise, mais il me résiste. Sa bouche s'écrase contre la mienne avec violence alors que je ne m'y attends pas. J'encaisse ses lèvres rudes, son souffle désespéré, la chaleur qui émane de lui, créée par la jalousie et la colère. Il m'en veut, et je le comprends à nouveau.

Pourtant, je lui donne tout ce qu'il peut avoir sur l'instant. Je ne me soucie pas des promesses qui s'envolent une fois de plus, je m'accroche à lui, à cette ancre qui ne coule jamais.

J'ai beau le briser, agir comme un idiot, indéniablement nous convolons l'un vers l'autre.

Cette nuit ne fait pas office d'exception.

Dans la pénombre de la terrasse, nos lèvres se dévorent dans une tension palpable. Mon corps réagit à vitesse grand

V, mes canines mordillent sa peau. Lorsque je sens son érection contre la mienne, mon rythme cardiaque s'accélère, je me fige.

On ne peut pas faire ça.

Pas encore.

— Arrête ou on va le regretter, je chuchote contre sa bouche malmenée.

On le regrette toujours même si on se veut.

Si fort. Si intensément que c'en est douloureux. Son front se pose contre le mien, sa main glisse sur ma nuque, personne ne bouge. Il me maintient contre lui en tremblant. Sa voix résonne comme une confession désespérée, se battant entre réalité et illusions.

— On le regrette à chaque nuit qu'on passe ensemble en se disant que ce sera notre dernière. On le regrette en se promettant qu'il n'y en aura pas d'autres, et pourtant, c'est toujours la même rengaine. Nuit après nuit, adieu après adieu, on se retrouve encore. Alors oui, je vais le regretter, mais je ne regretterai pas autant que si je ne succombais pas à chaque fois.

Bordel.

Pourquoi ses mots me touchent autant ? Pourquoi me font-ils l'effet d'une bombe violente et destructrice ?

Il ne doit pas exister, ce sentiment qui nous lie dans l'obscurité. Il ne doit pas.

— Putain, Lach, tu ne crois pas que j'ai suffisamment merdé pour la journée ? je poursuis en sentant une chaleur se répandre en moi.

Mon compagnon se fige contre moi. Je comprends que j'ai merdé à nouveau en l'entendant s'énerver.

Je ne suis pas doué avec les mots.

Son regard me foudroie.

— Parce que c'est une erreur ? Tu crois que toi et moi, c'est une erreur ! Alors c'est pour ça que tu vas te lier à la première nana qui passe ?! Espèce d'enfoiré !

— Je ne suis pas…

Mais Lachlan ne m'écoute pas. Il s'écarte, rompant ce lien si spécial, parsemé de tension, d'excitation, de ce petit truc que je n'ai jamais eu avec quelqu'un d'autre. Homme ou femme.

— Tu veux que je te dise ? Ouais, parfois je regrette d'être tombé amoureux de toi.

Aie.

J'encaisse de nouveau ses propos qui sont d'une rare violence, ils viennent du cœur, d'un cœur blessé et brisé.

Par moi.

— Moi aussi je regrette…

— Bordel, t'as l'audace de me dire ça, que tu regrettes ! me reproche-t-il sèchement. Qu'est-ce que tu regrettes toi !

Toi.

Mais rien ne sort.

Il m'en veut, il a besoin de se défouler, et si chacun de mes mots n'étaient pas mal interprétés, peut-être que nous aurions fini par nous mettre sur la gueule et baiser ici pour calmer le feu.

Lachlan lève sa main, je l'attrape au vol, son poing à quelques centimètres de mon nez. On s'affronte alors que le tonnerre gronde au-dessus de nous.

— Je regrette de t'avoir fourré dans ce merdier avec moi Lach ! je reprends. Et je regretterais plus si nous étions liés !

— Moi je ne regretterais rien ! gueule le mâle en me repoussant.

Il s'échappe de ma prise et s'écarte, le cœur battant, la colère déformant son visage.

— Va gérer ta merde, moi j'en ai marre. Va t'amuser avec ta chose, maintenant qu'elle respire et qu'elle est en bonne voie pour survivre.

Je me fige à la mention de cette information. Je suis surpris, je n'y croyais pas.

— Elle est en vie, je souffle.

— Ouais, ton sang n'est pas si pourri, lâche Lachlan durement. Mais moi, je n'y ai pas droit.

J'encaisse ses reproches, je ne lui en veux même pas, à sa place, je serais pareil. Le blond a raison.

Je baisse la tête, je n'arrive plus à voir ce regard rempli de douleur d'être abandonné. Il s'accroche, Lachlan me veut et je le repousse.

Aujourd'hui, j'ai dû lui assener le coup de grâce.

Je l'entends marcher vers la porte de la terrasse, il s'arrête juste avant de disparaître et un sentiment étrange me percute.

Je te déteste, si tu savais comme je te hais de t'aimer à ce point.

Je sais que je ne l'ai pas rêvé, je l'ai bien entendu.

— Bordel, Reap…
— Je sais, je souffle en serrant les poings.
— Tu es injuste.

Lach est toujours dos à moi quand je lève mon visage pour tenter de croiser le sien, je sens qu'il résiste.

Elle est toujours là, cette attraction. Elle est toujours plus intense quand nous sommes l'un contre l'autre.

— Si l'injustice te permet d'échapper à mon merdier, alors je le serai encore. Je ne lâcherai pas, Lachlan.

Un soupir résonne, ce n'est pas de l'acceptation, loin de là. Lach n'acceptera sans doute jamais. Il lutte depuis cinq ans déjà.

— C'était à moi… tu vois, parfois je regrette que nous ne soyons pas comme tes parents, au moins, tu saurais ce que ça fait de souffrir comme un chien.

Sans un mot, le vampire blond quitte le balcon, me laissant seul, avec mes propres démons et la constatation que ma réalité va être de plus en plus compliquée à gérer.

Je n'ose imaginer la réaction du Conseil en apprenant ce que j'ai fait.

Bordel, j'ignore tout de la femme que j'ai transformée.

Je me laisse aller contre le sol gelé de la terrasse, mon esprit troublé par des pensées.

Dans une autre vie, je regretterais que nous ne soyons pas comme mes parents, mais dans celle-ci, je bénis le ciel que nous ne soyons pas ce qu'ils appellent des âmes sœurs. Avec ça, j'aurais causé notre perte, comme nous avons bien failli le faire il y a des années de ça. Bien avant que la malédiction ne revienne, bien avant que la réalité de ma condition ne m'explose en plein nez. Il n'y avait que lui et moi. Et nous avons cru un court instant que tout était possible, avant que la réalité nous rattrape. J'étais beaucoup plus courageux et davantage insouciant.

***

Neuf ans auparavant.

Je sors de l'eau gelée en essayant d'attraper Lachlan pour le retenir. Cet enfoiré fuit... mais je suis plus rapide que lui. J'arrive à saisir sa cheville et à tirer pour le faire basculer en avant. Lachlan heurte le sable froid en jurant avant de fendre le silence de la nuit d'un rire.

Nous nous sommes échappés pour quelques heures de la Maison noire pour rester en tête à tête, s'amuser, et user de nos corps avant le départ de demain matin.

Je rampe sur lui en le maintenant contre le sable, Lach écarte les jambes pour me laisser glisser entre elles.

On se cherche, on s'embrasse furtivement, trempés, collants. Le vampire me fait basculer sous lui. Je me frotte contre son entrejambe, il fait de même, la tension monte en le plaquant contre moi plus durement. Son érection pousse contre ma cuisse.

Bordel, j'ai envie de lui.

Sa main saisit mes cheveux, Lachlan me maintient en esquissant un sourire.

— Qu'est-ce que je suis pour toi ? m'interroge le blond en haussant un sourcil.

Tout.

Mon meilleur ami, mon frère d'armes, mon ancre, mon compagnon, ma force, mon pilier... mon amant.

Tout. Absolument tout.

—Bordel, Lach, tu le sais.

Il secoue la tête.

— Je le sais, mais toi, tu n'as jamais eu le courage de le dire à voix haute.

Il a raison.

Lachlan m'approche de ses putains de lèvres. Son souffle se mêle au mien, l'atmosphère devient plus palpable. Seigneur, je veux tellement plus que ça. L'envie est si forte, tellement dévorante que ça m'en tord l'estomac.

Est-ce possible de désirer quelqu'un à ce point ? De le vouloir avec cette hargne ?

— *Dis-le, insiste Lach.*

— *Tout, je souffle.*

Je le fais basculer sur le dos en lui donnant un coup de hanches pour nous renverser.

Sa main frotte ma joue à peine râpeuse, l'adolescence ayant marqué mes traits autant que les siens.

— *Ça ne compte pas, tu sais. À mes yeux, ce n'est rien, chuchote-t-il.*

— *Quoi donc ? je demande en sachant très bien où il veut en venir.*

— *Ta malédiction, ça ne compte pas, Reap, poursuit Lach avec conviction.*

— *Ça compte Lach.*

J'embrasse son cou, un frisson naît sur sa peau alors que mes canines s'allongent. J'essaie de le distraire pour ne pas parler de ce sujet tragique.

— *C'est un débat que tu ne veux pas avoir ?*

— *Non, parce que ça m'amène à vouloir des choses que je ne devrais pas convoiter.*

— *Quoi donc ?*

Je souris, seigneur, cette nuit, Lach cherche vraiment la confrontation.

Mon rythme cardiaque s'emballe à l'idée de voir le mâle me défier autrement que sur un ring ou à travers la lutte dans les pays. J'aime quand il le fait dans l'obscurité de la nuit, loin des regards indiscrets.

— *Je suis l'enfant d'une prophétie millénaire visant à changer le monde, les races… je dois…*

— *Tu dois fourrer ta queue dans la chatte bien chaude d'une femme pour lui pondre plein de marmots, conclut Lachlan en riant, et c'est encore mieux si tu pratiques l'adultère et que tu décidais de faire un harem.*

— Ouais...
— Pourtant, tu es ici, avec moi.

Sa main dérive plus bas, vers mon entrejambe tendu qu'il presse à m'en faire jurer. Plus tard, j'enfoncerai ma queue en lui, et ce sera à son tour de gémir. J'en crève d'envie.

— Pour avoir eu la chance de goûter au membre sacré, il n'a rien d'exceptionnel, rend le job, mec, ça ne vaut pas le coup.

Un sourire naît sur mon visage, le vampire blond arrive toujours à alléger la tension quand nous parlons du sujet fatidique.

Celui qui nous séparera obligatoirement. Celui qui détruira ce que je suis, plus tôt que tard.

La vie est injuste.

— Et si elle n'était pas là ? Si tu ne devenais pas maudit dans quatre ans ?

Son front se pose contre le mien, nos peaux gelées frissonnent. C'est tout vu.

Qu'importe ma destinée.

— Si elle n'était pas là... je reprends sans répondre.
— Et si tu pouvais être à moi ?
— Je le serais, j'avoue sans détour.
— Et si je pouvais être à toi ?
— Tu le serais aussi.

Je me mets à bouger contre lui, espérant attiser le feu pour le faire taire. Pour que nous puissions faire ce que nous savons si bien exécuter depuis des années.

Ma bouche dérive vers sa mâchoire que je suce. Ce moment me bouleverse plus que je ne l'aurais pensé.

— Et si un jour nous dérapons ? poursuit Lach.
— Et si nous n'y pensions pas ?

Je l'embrasse avec empressement, dérobant ses lèvres, les mordillant. Je lui fais sentir toute l'envie que j'ai pour lui. Je veux qu'il oublie ce qu'il se passera dans quatre ans.

— Retire ce caleçon, Lach. Ne parlons plus, prenons ces minutes avant qu'elles ne disparaissent dans le temps.

Avant que je ne sois plus moi, que je devienne un autre. J'ignore ce qui m'attend.

— *Pour faire quoi ? me nargue-t-il en bougeant des hanches.*

— *Pour que tu sois à moi de la meilleure des façons.*

— *Comme la première fois ?*

Je me mets à bander avec plus de vigueur à la mention d'une nuit il y a six ans. Quand nous avions terminé une soirée dans la même chambre que Sawyer après une beuverie interdite pour trois adolescents. Les choses s'étaient réchauffées lorsque la vampire avait retiré son jean. La tension était montée en flèche et nous avons fini ensemble. Moi explorant son corps, Lachlan le mien.

Bordel, c'était une putain de première fois. Cette nuit-là, j'ai découvert le sexe entre les bras de mon meilleur ami et ceux d'une amie de toujours avec qui j'ai grandi.

Et cette fois-là, j'ai compris que c'était plus que de l'amitié avec lui, même si j'ai mis six ans à l'assumer… un peu.

Et concernant l'Amour ? Un bien trop grand mot pour moi. Je préfère le suspense, l'indécision… je préfère Lachlan qui nous aime à voix haute pour nous deux.

— *Là où il n'y a aucun risque, reprend Lachlan.*

J'acquiesce.

— *Là où il n'y a que toi et moi qui comptons, je conclus en l'embrassant de plus belle.*

Et même si nous ne faisions que ça cette nuit, à l'abri des regards des autres, je sais que durant ces quelques instants, plus rien ne compte.

Il n'y a pas de responsabilités, pas de devoir, juste l'instant.

Chapitre 4

Amber

Mes yeux s'ouvrent avec difficulté, mon corps est engourdi, c'est comme si on m'avait injecté une substance étrange dans les veines. J'ai du mal à bouger, ma poitrine me fait mal et l'air qui entre dans mes poumons ressemble à de la fumée.

Qu'est-ce qu'il s'est passé ?

Ma vue est floue lorsque je tente de scruter ce qui m'entoure. Une faible lumière se diffuse dans la pièce où je me trouve. Je suis allongée dans un lit confortable, noyée sous plusieurs couvertures. Je n'ai pas froid... je n'ai même pas chaud.

Je remue en essayant de sortir de cette stupeur immobile, un sentiment me dit qu'il s'est produit quelque chose de grave.

— Reste calme, lance une voix masculine.

Je me fige en entendant ce son rauque et viril. Mon rythme cardiaque s'emballe étrangement... plus lentement. L'adrénaline me parcourt brusquement, l'angoisse me gagne. Je lève une main vers mes yeux pour les frotter, ma vue revient petit à petit et mon visage se tourne automatiquement vers la voix.

Je découvre un homme vêtu de noir, ses cheveux sont de la même couleur et ses yeux sont d'un bleu nuit saisissant. Il est assis sur la commode blanche de... de ma chambre ?

Qu'est-ce qu'il fait dans ma chambre ?

— Qui êtes-vous ? je demande sur un ton méfiant.

Ne montre pas que tu as peur !

Pourtant, je ressens de nouveau cette tension au creux de ma poitrine qui me serre le cœur et m'inquiète.

J'essaie de me souvenir pourquoi je suis si nerveuse, mais mon esprit est dans la pénombre pour le moment.

L'homme reste prostré en me dévisageant. Il frotte sa barbe en soupirant.

— Qu'est-ce qu'il s'est passé ? j'insiste.

— Votre demeure a été attaquée. Reste calme.

Je suis calme !

Non, je ne peux pas l'être face à ce regard pénétrant qui garde le silence. Il dit qu'on a été attaqués ?

Je ferme les yeux et des flashs me reviennent. Les hurlements, les rires, le son des corps tombant sur le sol, les affrontements et les menaces. Mais surtout... cette voix et ces mots qu'elles répétaient.

Obscurité, nous...

— De quoi vous souvenez-vous ? m'interrompt l'inconnu.

Je sors de mes pensées en l'affrontant. Je suis à demi allongée dans mon lit. Mon corps continue de me faire souffrir. Ai-je été rouée de coups ?

Je l'affronte, il va vite apprendre qu'une fois les idées claires, je ne suis pas une gentille petite humaine capable de répondre facilement.

Je suis compliquée et libre.

— Répondez d'abord à cette question : qui êtes-vous ?

Un sourire bref déforme ses joues râpeuses. J'essaie de faire marcher mon esprit pour que tout ceci ait un sens. Son apparence me dit vaguement quelque chose, mais je n'arrive pas à le remettre... jusqu'à ce qu'il rompe le silence en me donnant son nom.

— Je suis Reaper Creaving, membre de...

Par toutes les divinités !

Je fronce les sourcils, la méfiance me percute malgré la fatigue. Je sais que ça ne sert à rien, c'est un vampire, il pourrait faire une bouchée de moi.

Je comprends beaucoup de choses en apprenant l'identité de mon veilleur. Il a amené la Garde ici pour vaincre ou semer la discorde. Je ne me souviens pas tellement de ce qu'il s'est produit, mais c'est soit l'un, soit l'autre.

Ennemi ou allié.

— Tu es le fils de Dead Creaving, je reprends à sa place, premier vampire, Président des États-Unis, enfant de la Prophétie de Mortem et Chef de la Garde. Je sais qui tu es. Ton nom est connu à travers le monde. Tu es l'épée de Damoclès au-dessus de toutes nos têtes. Le futur géniteur d'une nouvelle race.

Mes mots résonnent comme une insulte, mais étant donné ce que je ressens face à ce qu'il a dû se passer, je n'arrive pas à être aimable.

Le Chef de la Garde ne semble même pas contrarié. Il se contente de hausser un sourcil, amusé de me voir décliner son identité de la sorte.

— Tu sembles me connaître, poursuit le vampire.

Sa jambe prend appui contre le bord de ma commode, il joue avec un canif entre ses doigts. Sa posture nonchalante n'indique rien de ses projets à suivre.

Qu'est-ce qu'il s'est passé mis à part l'attaque ? Où sont mes parents, le personnel ?

— On ne se connaît pas, mais moi je te connais. Tout le monde te connaît. Tous les vampires te connaissent.

— Et toi, qui es-tu, belle rousse ?

Un rire me gagne. Je ne suis pas sa « belle rousse ». Il tente de paraître sympathique, mais je ne suis pas le genre de fille qu'on arrive à duper.

— Je suis Amber Gallagher, la fille adoptive de Neass et de Kyler Gallagher, les membres du gouvernement. Je suis une *Femme de Savoir.*

Les Hommes et Femmes de Savoir sont des êtres, humains, vampires ou autres, dont leur vie est en partie consacrée à apprendre les légendes, les mythes, prophéties, races et histoires de nos mondes. Mon père a décrété il y a vingt ans que tout le monde aurait accès à ces connaissances, qu'il y avait suffisamment de travail pour des siècles et que toutes les bonnes âmes seraient les bienvenues.

— Est-ce que tu vas enfin me répondre et me dire ce que je fais dans mes appartements, nue sous mes draps en présence de Reaper Creaving ?

Parce que oui, maintenant que je commence à bouger des jambes, je ne sens aucun vêtement sur moi. Est-ce que le mâle m'a… mise à poil ?

Comment j'ai pu me retrouver dans une telle situation ? Cela m'agace de ne pas comprendre ce qu'il m'arrive, et plus j'essaie de forcer mon esprit à me le révéler, plus il s'embrouille.

— As-tu mal ? se contente de me répondre le fils Creaving.

Je sens l'agacement naître en moi, pourtant, comme d'habitude, la franchise est de mise.

— Je mentirais en disant que non. J'ai mal dans le corps, comme si on m'avait injecté un acide, je me sens fatiguée, je suis sans doute blessée, et je vais mettre des semaines à m'en remettre, sinon, ça va, je respire. Dis-moi ce qu'il s'est passé en détail ! j'insiste.

Je ne lâcherai pas, vampire !

— Entends-tu des voix ? poursuit Reaper.

Un soupir m'échappe. Il me prend pour une idiote ? Depuis quand suis-je censée entendre des voix ?

— Des voix ? je rétorque confuse.

Ce type est fou ?

Il me parle de choses étranges et me pose des questions suspectes.

— Est-ce que tu… as soif ?

— Ma bouche est sèche, mais pourquoi tu me parles de tout ça ?

Qu'est-ce qu'il me raconte bon sang !

Reaper m'examine longuement du regard avant de secouer la tête, comme s'il se résignait. À quoi ? Je n'en sais rien.

Il descend de ma commode et s'approche du pied de mon lit.

— Repose-toi, tu vas avoir besoin de forces pour affronter la suite, conclut-il.

Un sentiment étrange me gagne, celui qui précède les mauvaises nouvelles.

— De forces ?

— Est-ce que tu te souviens de quelque chose ? J'ai besoin de savoir.

Je déglutis avec difficulté, ma gorge se met à me brûler alors que je dévisage cet homme et son… cou.

Je me fige en sentant deux pointes s'allonger. Elles menacent de percer mes lèvres.

Percer.

Mon cœur s'emballe, qu'est-ce qu'il m'arrive ? Qu'est-ce que c'est que ça ?

Je jette un coup d'œil paniqué à mon visiteur qui acquiesce en s'excusant.

Qu'est-ce qu'on m'a fait ?

— Je t'ai transformé en vampire pour te sauver la vie. Tu n'es plus une humaine. Je suis désolé.

Le choc me frappe de plein fouet face à cette révélation. Je sens mes yeux me brûler. Mon cœur se serre et je commence à suffoquer. Il m'a transformé en vampire ! Il m'a ôté mon existence d'humaine. Mon humanité, ma personnalité, ma vie.

Des larmes salées descendent le long de mes joues. Je ne voulais pas de ça. La tristesse envahit la chambre, je sens Reaper embarrassé.

Quel salopard ! Il n'a pas le droit ! Qui était-il pour faire ça ? Même mes parents ne m'ont pas offert ce cadeau empoisonné.

— Vous auriez dû me laisser mourir, je murmure dans un gémissement.

— Toutes les vies méritent d'être sauvées, se justifie-t-il.

— Pas à ce prix ! je hurle de douleur.

Je me tourne pour ne plus avoir à dévisager le bourreau qui m'a condamnée à un enfer. Je n'ai jamais voulu être un vampire, je suis une humaine, je voulais vieillir, grandir, apprendre, aimer et périr l'heure venue. Je n'ai jamais souhaité de cette existence éternelle faite de sang et de jeunesse.

Je l'entends quitter ma chambre alors que mes sanglots redoublent. J'ignore ce qu'il s'est passé, et pour l'instant, ce n'est plus ma priorité. Je viens d'apprendre qu'on m'a tuée, moi, Amber Gallagher, et que je ne suis plus humaine.

Sans m'en rendre compte, je frotte ma poitrine, là où le feu demeure. Là où une marque des plus disgracieuses s'est figée à jamais dans ma peau. Je me remémore, ça y est, cette douleur dans la poitrine s'explique.

Je ferme les yeux.

Jamais je n'oublierai ce qu'il s'est produit. Parce que jamais je n'avais vu une telle personne, capable du pire.

Et j'ignore encore si ma réalité actuelle est la sécurité, ou un autre fléau sorti de nulle part.

***

La peur, elle me tord l'estomac tant je crains pour ma vie. J'étais en train de veiller tard dans la bibliothèque quand j'ai entendu les premiers hurlements. Mon sang s'est glacé et mon cœur s'est figé.

Depuis, j'attends dans un coin de la pièce, une dague emprisonnée dans ma main tremblante. Je me demande ce qu'il se passe. Je présume une attaque, mais dans quel but ? Nous n'avons personne en ennemi, la paix règne en Écosse depuis trois générations.

J'essaie d'être forte, mais la peur me fait mal. Je cache ma bouche de mes doigts pour empêcher un son angoissé de sortir.

Les minutes passent, les hurlements deviennent plus forts et au bout d'un moment, un silence inquiétant s'installe.

Je me lève, j'avance prudemment vers la porte, mon cœur bat vite. Je m'approche du trou de la serrure discrète, ma mère en a fait installer dans toutes les pièces.

Le silence me semble intense. Je soulève le bois, et porte mon œil vers la vision extérieure, il n'y a rien.

Je laisse échapper un soupir, la dague toujours en main. Est-ce que l'envahisseur est parti ? Ou se cache-t-il en attendant de laisser sortir les brebis apeurées. Attaquer dans la nuit est tellement fourbe.

Je m'apprête à ouvrir la porte quand cette dernière m'explose en plein nez. Je percute le sol, ma tête me fait mal, je vois flou.

Que se passe-t-il ?

Un rire résonne, je cherche ma dague, mais elle n'est plus dans ma main, le sang tache mon visage, la douleur bat dans ma tête.

— *Obscurité, tu étais cachée ? se moque une voix féminine.*

La peur me dévore, mes yeux ne voient pas correctement, mais j'aperçois des cheveux aussi roux que les miens. J'entends des pas. La femme n'est pas seule.

— *Mais qui voilà, lance une autre voix.*

Elle est aussi féminine que rauque. J'essaie de bouger, de me traîner lentement sur le sol pour partir, je divague, le coup était violent.

On m'attrape par les cheveux, je sens un souffle contre mon oreille. Mon cœur bat vite.

— *Doucement Rhev, ne me l'abime pas, ordonne la rousse.*

— *Pourquoi ?*

L'autre femme me tire plus en arrière. Je gémis.

— *Il nous la faut.*

Je ne comprends pas ce qu'elles racontent. La peur me noue la gorge, aucun son n'arrive à sortir.

— *Retourne là, nous allons la marquer et la laisser pour morte. Si elle est assez forte, elle survivra... je le sens.*

La peur explose encore plus. Je tremble en secouant la tête, et un poing atterrit contre mon visage. Ça fait mal.

On m'allonge sur le sol, quelqu'un s'appuie sur mon corps, je sens un poids sur mes cuisses et une lame sous ma gorge. Ma vue revient par bribes. Je vois...

Des yeux rouges.

Un sourire carnassier se dessine sur le visage pâle de cette rousse magnifique. Elle se penche, sa main tiède caresse ma joue ensanglantée. La vampire la porte à sa bouche, lèche mon sang en murmurant :

— *Chut ma belle, tu ne mourras pas... pas aujourd'hui.*

L'inconnue jette un regard à l'autre.

— C'est bien elle. Nous allons pouvoir passer à l'étape suivante.

L'étape suivante ? Je me mets à trembler de plus belle, j'essaie de me débattre, mais rien n'y fait. La femme sur mon corps me tient, la lame coupe légèrement ma peau. Je me fige pour de bon. J'ai peur, tellement peur.

— Ne bouge pas en revanche. Parce que ça va faire mal, navrée, mais nous sommes obligées de passer par là.

Un hurlement m'échappe, sa sbire me tient fermement, m'empêchant de me débattre. La rousse aux yeux rouges me taillade la peau et je pleure. Elle entaille ma peau, dessine dessus. Je sens un coup de poignard dans mon estomac.

J'essaie de respirer, La lame se retire et la rousse agrippe mes cheveux, et tout bascule. Ma gorge s'expose. Ses canines s'enfoncent brutalement dans ma veine et le néant m'envahit.

Chapitre 5

Reaper

Nous venons de terminer de débarrasser la principale salle de réunion du QG. Les corps des morts ont été identifiés avant d'être brûlés.

Nous avons fouillé les lieux saccagés. Notre recherche a été pour la première fois des plus… intéressantes. Je n'aurais jamais cru trouver des indices et cela me rend méfiant, comme si ce n'était pas dû au hasard. Les autres sont soulagés, moi, je suis perplexe de la situation.

Une survivante.

Des preuves.

Ça sent le piège à plein nez. Malheureusement, nous n'avons que ça pour avancer dans l'enquête visant à arrêter les assassins des membres du gouvernement.

La connexion avec le QG de New York se fait presque instantanément. Dead Creaving, Louis et ma mère apparaissent, seulement eux.

Je commence à croire que cette mission est vraiment classée secret défense vu le peu d'intervenants du Conseil.

Tout le monde se salue, mais très vite, les affaires reprennent, allant à l'intérêt.

— Qu'en est-il de la situation ? me demande mon père.

Les autres sont présents pour écouter seulement, il n'y a que le Chef, un des deux seconds présents et Volker qui sont autorisés à parler durant les débriefings.

— Même situation que d'habitude… beaucoup trop de morts. Sur le nombre d'habitants du QG, il ne manque que trois personnes, dont Neass Gallagher, son époux a été retrouvé mort. Comme les autres. C'était une boucherie dans la salle de réunion principale. Même procédé, des exécutions massives et violentes.

Un soupir résonne de l'autre côté de l'Atlantique et je remarque parfaitement l'inquiétude de mes parents.

— Est-ce que vous avez trouvé une piste ? demande Louis Stanhope.

— Oui, au cours de nos recherches, nous avons découvert ce symbole sur les corps. C'est une première.

Je fais signe à Sawyer de l'envoyer sur la vidéo-conférence interactive. Je n'en croyais pas mes yeux lorsqu'Egon a trouvé ça sur un corps, puis un autre. On a marqué, à la dague, les torses des victimes. Ça a dû prendre un temps fou. Dans quel but ? Nous n'en savons rien.

Volker n'a pas réussi à avoir des visions, comme d'habitude, donc nous ignorons toujours comment les assaillants procèdent.

C'est la merde. Un bordel sans nom pour la Garde.

Le signe apparaît, cela ressemble à un œil, mais la pupille est étrange, elle est droite d'un côté au lieu d'être courbé. Les traits sur les côtés sont allongés, formant un V. Je n'ai jamais vu ce symbole jusqu'à aujourd'hui.

Un silence gagne tous les membres du Conseil, ils observent tous le symbole en essayant de trouver une réponse à la simple question : que veut-il dire ?

— Je n'ai jamais croisé ce signe, déclare mon père au bout de plusieurs minutes.

Louis fronce les sourcils.

— Moi non plus, mais je vais le trouver.

Et je sais que le mâle ne lâchera rien. Anneliese est déjà sur le coup de notre côté, ainsi qu'Hope.

Nous terminons d'expliquer ce que nous avons fait par la suite, nous avons décidé d'aller au bout de nos pistes, nous n'avons jamais eu autant d'informations. Peut-être que l'Écosse est un endroit stratégique ? Je l'ignore, mais tout est à tenter.

Ensuite, notre conversation arrive à la dernière révélation. Et pas des moindres.

— Et… je commence.

Une inquiétude me gagne lorsque je sens venir le moment fatidique. Je ne dois rien cacher au Conseil, j'ai fait vœu de loyauté et d'honnêteté sur mon honneur. Et devant mes compagnons, je ne peux pas mentir. Je vais devoir faire rapport de mes fautes, et ma dernière erreur est des plus grandes.

Mes parents m'observent avec attention, je sens le regard des autres membres de la garde, surtout celui assassin de Lachlan qui n'a pas décoléré depuis notre discussion. Il m'en veut, et il ne veut pas passer outre mon affront envers notre relation. Les deux derniers jours ont été tendus.

— Nous avons découvert une survivante, je finis par lâcher ma bombe.

Et ça marche, la stupeur gagne les vampires de l'autre côté de l'océan, les questions fusent. La surprise les entoure et palpite entre nous, malgré les milliers de kilomètres nous séparant.

— Qui est-elle ? m'interroge ma mère.

— C'est la fille adoptive de Neass Gallagher. Amber… une humaine.

Je serre les poings, mon rythme cardiaque s'accélère.

Et je l'ai sauvée de la mort en lui donnant mon sang.

Bordel, je n'ose même pas imaginer leur réaction. On m'a toujours interdit de le faire. De donner mon sang. Ce sont deux règles à ne pas franchir depuis mon enfance et j'ai failli.

— Et ? insiste mon père en sentant que je ne lui dis pas tout.

Bravo, Papa, tu es un maître dans l'art de deviner les choses.

— Je l'ai transformée, j'annonce sans hésitation.

Ma révélation fait l'effet d'une tornade. J'ai l'impression d'avoir bombardé mes proches. Je ne les ai jamais vus ainsi, si… choqués.

Un silence inquiétant nous terrasse, je sens même le malaise de mes pairs face à mon débordement. Tout le monde sait que je suis allé trop loin.

— Tu as quoi ?! explose les deux vampires mâles à l'autre bout du globe.

Ma mère serre le poignet de son compagnon comme pour le calmer, mais rien n'y fait, je vois dans les pupilles bleu nuit la colère et l'incompréhension de mon père.
J'ai merdé.
— J'ai sauvé la vie de notre unique témoin, je n'allais pas la laisser mourir, je commence en essayant de m'expliquer.
C'est ça, trouve-toi des excuses.
Sans que je m'y attende, on m'assène un putain de coup de poignard dans le dos, un dont je n'avais pas besoin, un que je n'ai pas vu venir.
— C'est plus compliqué que ça, marmonne Lachlan.
Je me tourne vers mon ami et amant, il croise les bras en me défiant du regard avec ses yeux verts. Il se venge en révélant la totale vérité… et je ne peux lui en vouloir, même si j'aurais aimé que les choses se fassent autrement.
L'organe dans ma poitrine me lance.
Ne fais pas comme moi.
— Arrête, j'ordonne.
— Laisse parler ton second. Lach, poursuit Faith avec calme.
C'est au tour de ma mère d'affronter ma foudre, la colère me gagne en flèche, imprévisible et soudaine. Je ferme les yeux. Je dois me contrôler, je dois être adulte, pas victime de mes pulsions.
Ce n'est que justice après tout.
Ne perds pas le contrôle, Reap.
— Il l'a transformée oui, pour la sauver oui, mais je doute que sur le moment, c'était pour ça, explique Lachlan.
Tout le monde se tait face à cette confession qui reflète une réalité qui n'a échappée à personne. Je m'appuie contre la table en courbant le dos, un poids m'écrase les épaules.
Maintenant ils savent et nous savons tous que ça ne va pas s'arranger : il ne s'agit pas d'avoir sauvé la vie à une innocente, le problème est plus grave, il persiste en moi. J'entame ma descente aux enfers.
— Je crois que nous allons devoir discuter en tête à tête avec le Chef de la Garde, conclut mon père. Sortez.

Mes coéquipiers s'exécutent sans protester. Je ne dis rien, je n'essaie même pas de me justifier. J'attends la solitude face à mes géniteurs. Louis reste, parce que le français sait beaucoup de choses à mon sujet également.

Et lorsque nous sommes seuls, ils me demandent d'expliquer ce qu'il s'est produit. À leur regard, je comprends que les membres du Conseil savent de quoi il en est.

Je déraille. Je coule, je suis en train de me briser, de sombrer lentement et fougueusement dans la folie.

À la mention de mes symptômes sur le moment, ma mère se raidit. Elle serre la main de mon père et je vois l'inquiétude que ressent chaque femme auprès de ses enfants : l'impuissance.

Faith Creaving ne peut plus rien faire pour moi.

Au bout de vingt minutes, quand je raconte la réaction d'Amber et ce qui va suivre, le silence revient, mais il est très vite tranché par la douce voix de ma mère.

— Tu vas devoir assumer et protéger cette femme, elle va avoir besoin d'aide. Et peut-être que tu pourras lui donner des conseils.

Ni Louis, ni mon père ne discutent son ordre. Aussi doux qu'il ait été prononcé, ma mère ne reviendra pas en arrière. Ses propos sont indiscutables.

Quand tu commets une erreur, tu la répares.
— Je le ferai.

Parce que j'assume toujours mes erreurs, même les plus graves. Même si je ne suis pas certain d'être à la hauteur. Je donnerai tout pour ne pas faillir une seconde fois.

***

L'obscurité m'entoure, je suis au milieu de nulle part, il n'y a que le néant en face de moi.

Qu'est-ce que cela veut dire ?

Je tourne sur moi-même à la recherche de quelque chose de probant, mais rien ne se passe. Il n'y a rien, juste le noir, juste la fin.

Est-ce une vision ou un rêve ?

— C'est un rêve… en partie.

Mon cœur rate un battement, je cherche d'où provient cette voix, mais je ne vois rien, jusqu'à ce que je sente une présente derrière moi.

Je suis surpris de voir une femme. Elle me dévisage, elle est grande, rousse, des yeux de feu. Elle me sourit, un air malicieux déforme son visage. Elle est nue, son corps est galbé par l'effort et sa peau est d'un blanc éclatant. Ses lèvres fines ressortent.

— Qui es-tu ? je demande, méfiant.

Elle m'offre un clin d'œil en rétorquant :

— Personne.

Elle se tourne en se mordillant la lèvre, puis sans comprendre pourquoi, elle se met à courir dans l'obscurité du néant.

Quelque chose en moi me pousse à la suivre, à savoir qui elle est et pour quoi je la vois de plus en plus souvent.

— Attends !

Elle se met à chanter en courant, je fais de même pour la rattraper, pour essayer de la retenir et avoir des explications, sa voix résonne dans ma tête. Pas dans le néant, dans ma tête, en moi.

Obscurité, tu es notre malédiction.

Obscurité, tu es notre ordre.

Obscurité, tu nous as déchu.

Obscurité, nous nous vengerons.

Obscurité, le sang sera versé.

Obscurité, le sang est déjà versé.

Obscurité, nous allons nous retrouver.

Je me fige, ses mots ressemblent à un hymne, une prière. Qu'est-ce que c'est ce bordel !

— Il ne faudrait pas tomber.

Je la sens derrière moi toujours. Comment fait-elle pour bouger aussi vite sans que je ne la voie ?

Ça sent mauvais pour toi Reap.

— Qui es-tu ? je répète.

— Attention au vide, m'informe l'inconnue.

Le vide ?

Je baisse mon regard et le néant me livre une chute sans fin. Je ne bouge pas, par crainte qu'elle ne me pousse dans le vide. Et si je tombe ? Chuterai-je dans le vide ? Succomberai-je à l'oubli du néant ?

Je sens une main saisir mon poignet.

— Je ne suis personne. Mais toi, tu es un tout.

Son souffle effleure mon oreille, elle sourit en déclarant d'une voix sombre et rauque :

— Et si j'étais toi, je me réveillerais pour décider si tout ceci est vrai ou pas.

Elle s'écarte et avant que je ne puisse dire quoi que ce soit, elle me fait basculer. Ses ongles laissant une marque sur ma peau.

Et je tombe.

Comme dans mon présent. Je tombe en chute libre, sans parachute, sans moyen d'atterrir comme il faut. Sans même savoir s'il y a une fin.

Il y en a une.

Une réelle.

Je me réveille quelques instants plus tard, le souffle court, transpirant. Dans la pénombre, je remarque la griffure sur mon avant-bras.

Bordel.

Je me frotte le visage, le cœur battant, je comprends qu'il se passe quelque chose de réellement inquiétant.

***

Deux jours plus tard.

— Qu'est-ce que tu ne me dis pas ?

Je dévisage Volker durant un long moment alors que mon ami m'observe, comme dans l'avion avant notre arrivée. Avant que tout ne dérape.

On s'est isolés dans un des bureaux des dirigeants que nous avons pris pour la durée de notre mission ici. Volker a profité de l'inspection et du nettoyage des lieux par les autres pour venir m'examiner. Il règne une tension pesante dans l'équipe depuis mon dérapage et je les comprends. La Garde est une élite, il n'y a pas de place pour les faibles, pas de place pour un chef délirant et incapable de se maîtriser. La dérive commence et je ne sais pas comment la contrôler.

— Qu'est-ce qui a dérapé l'autre jour ? je demande.

Mon ami soupire longuement.

— Je n'en sais rien.

— C'était impulsif, Volk, incontrôlable, je n'arrivais pas à m'arrêter.

Je baisse la tête, je suis noyé sous la honte. Je n'ai pas d'excuses, je dois me contrôler, mais je n'ai pas pu, ça m'a bouffé de l'intérieur, dévoré comme un monstre. J'étais dicté par mes instincts.

Et je crois que notre venue en Écosse a déclenché, par le fruit du hasard, une nouvelle étape dans ma vie. Une que je ne pourrai pas maîtriser.

Je décide d'être franc, je ne pourrai pas le cacher longtemps de toute façon et j'ai besoin du sorcier si jamais je dérape encore. J'ai besoin de quelqu'un qui sache, qui me protégera de moi-même, protégera les autres en cas de nécessité.

— Depuis que j'ai transformé l'humaine, il se passe des choses, je commence, je vois des gens dans mon sommeil et pas comme un rêve, c'est… vrai.

Je pense à l'autre nuit, au néant et à cette femme qui m'a touché, parlé. Elle était si réelle, si belle et si mystérieuse en plus d'être inquiétante.

Je raconte à Volker ce qu'il s'est produit dans la solitude de ma nuit pourtant habitée. Le demi-vampire ne dit rien, il m'écoute lui décrire les nouveaux symptômes.

— La journée, j'aperçois des ombres, j'entends des voix, plus que d'habitude et pas celles des pensées de chacun. Et…

Je lève mes mains pour illustrer mes propos. Je prends soin de ne pas lui montrer la griffure. Je pense que mes précédentes révélations suffisent. Volker baisse son regard sur moi, il se fige.

— Je tremble, pas tout le temps, mais je tremble. Ça n'est jamais allé aussi vite.

Volker secoue la tête.

— En effet.

— Je commence à croire que je vais devenir incapable de faire quoi que ce soit d'ici une semaine. Est-ce que... c'est en train de s'aggraver ? Est-ce que ma malédiction ne se maintient que cinq années avant de totalement basculer ?

Est-ce que dans quelques mois, je serai déjà devenu l'ombre de moi-même ?

— Ça n'aurait pas dû se produire ainsi. D'après ce que je sais, poursuit Volker, les symptômes arrivent progressivement, espacés de plusieurs mois...

— Est-ce que le sort qui nous entourait à notre arrivée aurait joué ? je demande subitement.

Je ne me suis pas senti bien à la seconde où j'ai franchi les portes de la demeure.

— Non, ce n'est pas la même... magie.

Il me jette un coup d'œil en coin, un qui veut dire « c'est toi qui changes ».

— Je ne veux pas me prononcer avant d'avoir réfléchi à toutes les hypothèses. Mais je sais une chose.

— Quoi donc ?

Je sens la tension augmenter dans la pièce plongée dans l'obscurité, apaisante pour nous, mais elle ne me calme pas. Je suis rongé par des questions qui n'auront pas de réponses. Nous ne sommes pas habitués à la lumière trop vive des demeures d'Europe et plus le temps passe, moins je supporte.

Est-ce un autre putain de signe ?!

Je suis en colère et je n'arrive pas à le cacher.

— À partir du moment où tu as touché cette fille, m'explique Volker en s'essayant à côté de moi sur le canapé du bureau, j'ai cessé de voir ton passé. C'est comme si tu avais brisé un lien. Je ne vois plus rien te concernant. Et c'est inquiétant, je ne pressens rien non plus sur ton avenir.

Je ferme les yeux en écoutant ses propos. Ce n'est pas bon signe pour moi, Volker ne se trompe jamais. Il a ressenti les mêmes choses peu avant l'attaque des Démons, et la presque mort de Lachlan.

S'il ne me voit plus, c'est que je cède vers l'obscurité.

— OK, je me contente de répondre.

— Reap, je vais me renseigner, d'accord ?

Je secoue la tête à mon tour. Un rire désespéré me gagne.

— Plus que tu n'en sais déjà ? C'est impossible Volker, vous savez déjà tout avec mes parents. Tout ce qu'il y a à savoir sur ma Malédiction du Sang. Je suis un putain de miraculé, ça ne pouvait pas durer plus longtemps.

Je passe une main dans mes cheveux bruns. Diable, j'ai bien fait de ne pas mêler Lachlan à tout ce merdier. Je ne sais même pas ce que l'avenir nous réserve.

Est-ce que l'humaine – la vampire – va déclencher des symptômes plus violents que les miens ?

Imagine Lach, si je nous liais, et que tu devenais fou ? Regarde ce qui te pend au nez !

— Et la fille ?

— Elle me semble aller. On dirait que ton sang ne l'a pas touchée comme tu le pensais.

— On sait que la malédiction met du temps à s'installer.

— Oui, mais ta malédiction concerne une personne. Pas ton sang…

Je me lève d'un bond, hors de question de croire ces conneries, on n'est sûr de rien. Le sang par le sang. C'est ainsi, c'est comme ça que marche tout ce bordel ! Je ne veux pas croire aux hypothèses.

La fille va peut-être basculer dans cinq ans !

Mais tu ne seras peut-être plus là pour le voir, me lance une voix.

Maudit sois-tu Reaper !

La colère m'envahit, je fais quelques pas dans la pièce pour éviter de me défouler sur mon ami de toujours. Je suis nerveux et colérique, je perds mon calme à la seconde près et l'envie de faire mal à quelqu'un me démange dès qu'on me contrarie.

Je ne me reconnais plus.

Pourquoi ça va si vite ? Pourquoi maintenant.

— Tu penses honnêtement qu'il me reste combien de temps ? je demande en examinant la fenêtre donnant sur la nuit sombre et pluvieuse du pays.

Volker ne reste pas longtemps silencieux.

— D'habitude, les porteurs de ce mal virent dans la folie au bout de quinze ans. Il peut se passer un an à deux ans de transition entre le bien et le mal.

— Et après ? De quoi te souviens-tu, dans les symptômes ? je l'interroge encore, l'inquiétude dans ma voix.

Je le sens se raidir, mal à l'aise. Pourtant, nous savions tous que ça arriverait un jour ou l'autre. Cependant, l'éternité nous semblait plus longue.

— Après les tremblements, les voix et les hallucinations, tu vas avoir des pertes de connaissance, des absences, un abandon total de ton contrôle, tes sentiments les plus sombres vont prendre le dessus. La folie va te gagner par la paranoïa, les soupçons, la méfiance, tu vas te montrer très violent, tu vas perdre ta personnalité, tu vas ressentir des pulsions intenses et malfaisantes, ta tête va se voiler de troubles et enfin... quand le mal aura totalement gagné la partie, tu t'oublieras toi-même, tu oublieras les autres en plongeant dans une obscurité inconnue.

Et beaucoup meurent dans les mois qui suivent la domination de la folie.

J'encaisse ses propos sans rien dire. Je me donne quelques instants, puis, comme si de rien n'était, je quitte les lieux pour aller prêter main-forte aux autres. Volker ne tente pas de me retenir, il n'y a plus rien à dire, j'ai compris.

Moi aussi je sais des choses du peu de témoignages dont dispose la Race Vampire. Il faut dire qu'il y a eu très peu de maudits. Très peu de retranscription. À une époque, on m'aurait isolé dans une partie des enfers, tué... ou jeté dans le Styx.

Je frotte mon visage, j'ai trente ans, ça fait cinq ans que le mal s'est réveillé, est-ce que je vais regretter ces vingt-cinq années de veille choisies par mes parents ?

Je l'ignore, j'espère seulement qu'avant ce final funeste, je puisse faire quelque chose de bien. J'aimerais réparer l'erreur que j'ai commise en arrachant l'humaine aux bras de la mort.

J'aimerais résoudre cette enquête qui nous hante, et rendre sa mère à la femme que j'ai brisée en la transformant, à défaut de lui rendre le reste.

CHAPITRE 6

Amber

Trois semaines plus tard.

Vampire. Quel merdier ! Quelle injustice ! Pourtant, c'est ainsi, je ne pourrai pas revenir en arrière. Reaper Creaving m'a sauvé la vie, et je me demande pourquoi il l'a fait. Il ne me parle pas beaucoup, mais il a veillé à ce que je me porte bien durant mon rétablissement. Entre mes blessures et la transformation, j'ai mis plusieurs jours à sortir de mon lit.

J'ai fait la connaissance de Hope Creaving et d'Anneliese Zederman, les deux femmes de la Garde, deux adorables personnes qui m'ont soutenue. J'ai goûté pour la première fois à du sang humain, c'était… étrangement bon. Je n'aurais jamais cru que je puisse un jour ressentir ça.

Nous sommes toujours dans le QG du gouvernement écossais, j'ai appris par Hope que la Garde s'était occupée des corps, mon père fait partie des victimes. Ma mère a disparu, je suis seule et ça me blesse comme jamais. Je ne comprends pas ce qu'il s'est produit, et pourquoi on a tenté de s'en prendre à eux. Le gouvernement écossais a toujours été juste, il n'a jamais cessé de prôner l'égalité entre les Races, il était pour l'évolution. Est-ce qu'on a tenté de le faire taire en assassinant et en kidnappant ses membres ? Peut-être.

J'ai dû répondre à un interrogatoire des plus étranges. J'ai rencontré un vampire à moitié sorcier très sombre et peu expressif qui a essayé d'entrer dans ma mémoire pour voir ce dont je me souvenais. Il est parvenu à récupérer quelques bribes, mais rien de concluant. J'ai pu les informer que deux femmes m'avaient agressée, le descriptif étant des plus vagues, ça ne les a pas avancés. Je n'ai pas tenté de me mêler à leur enquête depuis, j'ai dû affronter mes propres démons. J'ai ressenti de violentes pulsions à cause de mon nouvel état, j'ai du mal à m'habituer à mes nouvelles capacités. C'est tellement nouveau. Je crois que j'encaisse encore le choc, dans mon esprit, cela ne me semble pas permanent.

Pourtant ça l'est.

— Qu'est-ce que vous cherchez au juste ? je finis par demander.

Reaper me tend une main pour m'aider à monter. Je la saisis et prend appui sur lui. La garde a décidé de m'inclure dans leur recherche. Ils ont commencé à écumer les environs de la bâtisse et ont décidé de s'éloigner. Ne connaissant pas les lieux, Reaper et son second, un dénommé Lachlan, un blond au regard froid, ont pensé que je connaîtrais mieux les environs qu'eux.

Je crois que c'était un prétexte pour me faire sortir. Voir comment la survivante captive de la Garde s'en sortait. À chaque fois que je me nomme ainsi, j'ai droit aux rires des membres en cuir et armés. Pourtant, c'est la vérité, je suis protégée, aidée, mais je me sens captive. Ils refusent que j'aille auprès de la famille de ma mère en Angleterre, sa sœur, Kiera Gallagher est une célèbre journaliste TV, je sais qu'elle pourrait m'accueillir, m'aider dans ma nouvelle vie, même si en faisant ça, je devrais abandonner mon rôle de *Femme de Savoir* pour le gouvernement écossais. Ce dernier est en reconstruction à Édimbourg, dans un des anciens bâtiments des gouvernements datant de plus de cinquante ans.

J'aimerais retrouver ma mère en vie. Mais plus les jours passent et plus j'en apprends sur la fameuse enquête, plus je m'inquiète. J'ai joué les adolescentes rebelles en allant écouter en douce une de leur réunion. Apparemment, le massacre d'ici est lié aux disparitions d'autres membres de différents gouvernements. Les États-Unis auraient cependant caché cette information au reste du monde, ma mère, qui me confiait tout, ne m'a jamais parlé de ça.

Qu'est-ce qu'ils manigancent ? Mais surtout, est-ce que la première puissance de la Terre ne vivrait-elle pas en secret, une bataille contre une menace supérieure ?

C'est inquiétant, et je me pose beaucoup de questions.

Reaper me garde près de lui alors que nous montons la petite colline en évitant les branches et les racines rebelles.

Je les ai amenés dans la forêt Sombre, on la nomme ainsi parce que les arbres sont tellement grands, que la lueur de la Lune ne vient jamais. Depuis mon enfance, les légendes racontent que le lieu comporterait une brèche pour les démons et les créatures capables de téléportation. Il y a eu de nombreuses disparitions d'enfants ces dernières années, et bien souvent, cette forêt était liée.

Sawyer, la dernière femme de la Garde, était contrariée lorsque j'ai raconté cette histoire au groupe, lors d'un repas. Elle qui pensait tout savoir sur les environs, je lui ai prouvé qu'elle avait tort. Je n'ai pas soulevé, son métier et le mien sont bien différents.

— Un indice, une planque, un passage, une trace…

Le vampire aux yeux bleus croise mon regard dans l'obscurité. J'ai trouvé un point positif à ma transformation : ma vision. Mes pupilles ont toujours été habituées à la pénombre puisque le soleil n'est pas réapparu depuis des décennies. Je ne l'ai jamais vu et je ne le connaîtrai jamais.

— Une faille.

— Personne n'en a jamais trouvé ici. La forêt Sombre fait perdre n'importe lequel des randonneurs qui s'enfoncent entre ses arbres, je rétorque.

Un rire gagne le Chef de la Garde. Il nous éclaire le chemin, les autres devant parlent et communiquent sur les différentes formations et éléments qui les entourent. Je remarque qu'ils sont tous autour d'un autre vampire, Volker, celui qui voit les choses. Ce dernier avance étrangement.

— Nous ne sommes pas comme n'importe qui, m'informe Reaper avec assurance.

Je souris en marchant sur des brindilles humides, l'odeur de pluie gagne mes sens. Je suis rarement venue ici, d'habitude, je suis accompagnée de mon paternel, lui est habitué aux lieux et bien souvent, il menait les différentes recherches sur les disparitions d'enfants.

— Je suis désolé pour ton père, lâche subitement, l'homme à côté de moi.

Je me tourne vers Reaper en cessant de marcher. Pourquoi l'être ? Il ne l'a pas tué. Mon cœur se serre à la pensée de sa perte. Il était si bon, il ne méritait pas une telle fin.

Il me manque. Cet homme qui m'a tout donné, m'a adoptée, m'a aimée comme j'étais en comprenant mes choix, même si ces derniers m'auraient amenée à une mort certaine.

Je l'aimais tellement.

Penser à lui me fait vraiment mal, c'est encore trop récent.

— Pourquoi êtes-vous toujours aussi inquiet pour moi ? je renchéris, méfiante.

Le vampire ne semble même pas contrarié de ma demande brusque et remplie de reproches. Il a très bien compris que je ne comptais pas me laisser faire. Si je n'avais pas sa sœur à mes basques, j'aurais profité de la moindre occasion pour filer.

Je pourrais filer…

— C'est mon boulot de te protéger étant donné que je t'ai transformée et qu'il rode toujours les meurtriers de ton gouvernement. Tu es un témoin clé. De plus, oublie tes projets de fuite, tant que tu es sous ma responsabilité, tu ne bouges pas.

La surprise me gagne, tant par son calme, tout comme par sa façon d'avoir compris ce que je m'apprêtais à faire.

— Vous…

— Je lis dans les pensées, l'Écossaise, donc ne pense pas à faire des choses stupides, je n'ai pas envie de ratisser toute cette forêt pour te retrouver.

Le vampire se remet à marcher d'un pas rapide pour retrouver les autres, je le suis. L'agacement n'est pas loin, je n'aime pas les tricheurs, et son absence de compassion n'aide pas.

Il a dû entendre que je le trouvais plutôt… mignon l'autre jour.

— Tu avais dit « sexy et baisable », souligne Reaper.

Je lui envoie un coup dans l'épaule, le jeune chef se met à rire, sa grosse voix résonne.

— Assez ! Vous m'énervez ! Ce n'est pas équitable !

— Cesse de penser alors.

Je lève les yeux au ciel.

Plus facile à dire qu'à faire.

— Qu'est-ce que vous ne me dites pas ?!

Qu'est-ce que tu me caches !

— Quand est-ce que tu vas me tutoyer ? renchérit le vampire.

— Jamais.

Je m'empêche de sourire face à cette querelle qui commence à m'amuser. Reaper Creaving est rempli de franchise en plus d'être taquin derrière son côté sérieux et froid.

— L'éternité est longue, soupire-t-il.

Sauf quand on est humain.

— Il n'existe aucun moyen de redevenir humain, poursuit Reaper.

Je jure, bon sang, il ne va pas cesser de lire dans mes pensées ! C'est profondément agaçant !

— C'est ce que vous croyez, je soupire, sûre de moi.

Je suis persuadée qu'il existe un moyen, j'ai lu tellement de choses sur les mondes paranormaux, tout existe ou presque. J'y crois. Tant qu'on ne m'affirme pas que c'est impossible, je m'accrocherai à cet espoir de pouvoir remédier à ma nouvelle condition. J'ai cette idée en tête depuis ma première gorgée de sang avalée. Je veux être humaine, vieillir et mourir quand mon heure sera venue. Je ne demande pas grand-chose et mon entourage l'avait accepté. Le plus dur avait été pour ma mère. Qu'il est compliqué pour des gens éternels d'accepter qu'un de leur proche ne veuille pas de l'immortalité.

— C'est ce dont je suis sûr, m'affirme Reaper, sinon, ça se saurait déjà.

Je souris toujours face à son assurance qui le rend encore plus charismatique. Ma mère me parlait souvent des

Creaving lorsque nous dînions en famille. Elle avait un profond respect pour le Premier Vampire.

Pourquoi tu parles au passé Amber, elle n'est peut-être pas morte.

D'ailleurs, l'enfant de la Prophétie ne se doute peut-être pas de tout ce que je connais à leur sujet.

Je manque de m'étaler par terre lorsque mon pied se prend dans une racine, Reaper m'attrape par le bras et me ramène vers lui. Je me retrouve collée contre son torse musclé, son odeur virile envahit mes sens. Nous nous dévisageons un instant, l'organe dans ma poitrine bat à tout rompre, subitement, sans comprendre pourquoi.

Je remarque que la lampe torche est tombée sur le sol, Reaper m'observe avec un air sévère, un sentiment étrange plane autour de nous.

Qu'est-ce que c'est ce bordel.

— Alors vous êtes un idiot, Reaper Creaving. Un double idiot puisque vous ne semblez même pas vous souvenir de votre propre histoire.

— Je connais mon histoire.

Je le repousse en essayant de tenir sur mes deux jambes. Je me penche pour ramasser la lampe torche, le vampire me laisse faire. Sans doute, cela m'évitera de finir les fesses en l'air.

Nous reprenons notre route et je poursuis mes propos.

— Alors tout est possible. Votre mère est passée d'humaine à vampire, puis de morte à ange...

— Mais elle n'est pas redevenue humaine, souligne Reaper sur un ton arrogant.

— Il existe mille et une légendes, mythes, malédictions et prophéties. Il doit bien exister quelque chose sur ça.

— Et tu penses le trouver ? me provoque le mâle avec cette foutue assurance.

J'acquiesce. Évidemment que je vais trouver. Tant que le combat n'est pas fini, tant qu'il y a de l'espoir, j'y croirai.

— Pourquoi vous me demandez sans cesse comment je vais ? je poursuis sur les questions pénibles et sensibles.

Je n'ai pas oublié à quel point le vampire est pointilleux sur mon état. Trop pour un homme en tout honnêteté, et je sais de quoi je parle, j'ai grandi aux côtés de nombreux de ses pairs.

— J'ai déjà répondu à cette question.
— En partie.

Nos regards se croisent, je vois une forme de reproche dans le sien... contre lui.

Pourquoi ? Qu'est-ce que tu caches ?

Je jure contre moi-même en pensant si fort, et lorsque je l'entends rire doucement, je comprends qu'il m'a entendue.

Je vais devoir m'entraîner pour ça.

— Je vous en veux toujours, je finis par déclarer en soupirant.
— Moi aussi, je m'en veux.
— Voilà un point en commun, je lui fais remarquer avec humour.

Reaper me frôle le bras en passant derrière moi, sa voix n'est qu'un murmure lorsqu'il déclare :

— Je m'en veux, mais je ne regrette pas.
— Le contraire m'aurait surprise.

Un frisson rapide envahit ma peau, mais je n'y prête pas attention, tout comme j'ignore la tension palpable entre nous qui me noue le ventre. C'est... étrange.

Nous continuons de marcher dans l'obscurité, nous rattrapons rapidement les autres en haut de la colline, là où les arbres se font moins nombreux. Le sommet donne sur une vue d'ensemble du coin et des kilomètres environnants. Je sens le regard mauvais du bras droit de la Garde, Lachlan. Il me scrute avec colère en me voyant aux côtés de son chef. Je me demande pourquoi cette réaction.

— Volker ?

La voix brusque de Reaper me sort de mes pensées, je l'observe courir en direction du sorcier qui vient de s'effondrer à genoux face à la vue.

Tout le monde s'approche de lui alors que le mâle se balance d'avant en arrière en murmurant des sons incompréhensibles.

Je fronce les sourcils, quelque chose me dit que ce n'est pas bon signe.

Reaper s'accroupit en demandant sur un ton inquiet :

— Qu'est-ce que tu as vu ?

Je m'approche d'eux, le visage de Volker se tourne vers moi, ses yeux deviennent noirs. Mon cœur s'emballe, il est si… blême, si absent. On dirait qu'il est perdu dans une autre dimension. Et sa façon de voir les choses me rappelle une forme de don que reçoivent certaines sorcières. D'habitude, elles n'enfantent que des filles, mais visiblement, le demi-sorcier est une exception. La curiosité me gagne, et si je me souviens du terme, je crois qu'il est un *Voyeur*.

En rentrant, je me plongerai sur la Race des Sorcières, je suis sûre qu'il doit y avoir des explications sur le sujet des mâles. De ces exceptions miraculeuses.

Une atmosphère étrange nous entoure, nous sommes suspendus aux lèvres du soldat, qui finit par s'effondrer dans les bras de son chef. Reaper le soutient, Daemon s'approche à son tour, et tous deux le relèvent.

Les pupilles de Volker redeviennent normales l'instant d'après. Ce dernier déclare sur un ton essoufflé :

— Le froid. La neige. Un pays enneigé… ils ne sont plus ici. C'est ce que j'ai vu.

— Génial, jure Lachlan en regardant autour de nous.

C'est comme s'il s'attendait à voir débarquer quelqu'un. Je commence à croire que la fameuse Garde ne contient que des fous. Ses membres ont tous un problème.

Est-ce là leur force ?

— Passé, présent ou futur ? l'interroge Daemon.

Volker soupire, il repousse ses amis en titubant légèrement. Je l'observe, le visage marqué par une sorte de douleur, il se détourne de nous en expliquant ce qu'il a vu :

— Tu crois que j'avais un journal avec la date d'aujourd'hui ? Je n'en sais rien ! Mais cela me semblait proche… j'ai vu une horde passer par la forêt et disparaître ici, en haut de cette colline comme par… maléfice, c'était très étrange. Et ensuite, je les ai vus réapparaître loin, dans des lieux enneigés.

Le silence s'empare du groupe, chacun semble se faire un avis face aux révélations. Puis, Reaper acquiesce et se prépare à déclarer quelque chose quand son cousin l'interrompt.

— Ah non Reap, déclare Daemon, putain de mauvaise idée !

— Nous n'avons que celle-ci.

— Qu'est-ce que cela veut dire ? je les coupe.

L'ensemble des regards se porte sur moi, certains amusés, d'autres prétentieux et mauvais.

Je vous emmerde tous !

Reaper sourit.

— Ça veut dire qu'on va quitter l'Écosse. T'es déjà allée en Islande ? Au Canada profond ? En Alaska ? En Norvège ou en Suède ? En Russie ?

Je secoue la tête, je vois très bien où il veut en venir. C'est hors de question.

Je ne vais pas quitter ma patrie pour suivre une bande de sauvages arrogants comme eux.

— Je ne quitte pas l'Écosse, je l'affronte.

Reaper fait mine de se marrer. Je déteste son assurance.

— Oh si, tu vas quitter l'Écosse, tu es sous ma responsabilité, tu es ma protégée, et on va quitter l'Écosse. D'après Volker, c'est une impasse ici…

— Je ne vous ai rien demandé ! je lâche avec amertume.

— On ne te demande pas ton avis, renchérit Lachlan en croisant les bras.

Le vampire me foudroie du regard, il devient de plus en plus mauvais au fur et à mesure que le Chef de la Garde s'approche de moi. Il redevient calme et compréhensif quand celui-ci s'éloigne.

Il ne m'aura pas ! Je ne marche pas à la séduction ! Je ne veux pas partir de chez moi, découvrir un monde perfide. Je veux rester dans ma bâtisse, à étudier les Savoirs pour les connaissances du prochain gouvernement.

Je crois que je commence à paniquer et ils le remarquent tous.

Reaper arrive à ma hauteur et me surprend en me prenant dans ses bras pour me calmer. Je me débats au départ, me foutant royalement du regard oppressant des autres sur moi. Son contact me fait un effet étrange, l'organe dans ma poitrine me martèle avec force.

— Tant qu'on n'a pas retrouvé ta mère, murmure-t-il à mon oreille, je ne laisse pas une vampire fraîchement transformée dans la nature, c'est contre les règles.

— Contre quelle règle ? je chuchote, la voix tremblante.

Qu'est-ce qu'il m'arrive ? Pourquoi suis-je à ce point bouleversée ?

Parce que tu as peur Amber.

Je ferme les yeux, partir me terrorise, rien que d'y penser, ça me fait mal.

— Celles de la Garde. Tu n'as qu'à aller vérifier dans tes livres, me taquine-t-il plus doucement.

Je me serre contre lui pour chasser cette panique qui m'étouffe. Reaper m'apaise étrangement, il a vu que j'allais exploser, et j'ignore comment il l'a ressenti.

Je n'ai jamais quitté l'Écosse pour une bonne raison : j'ai peur du monde extérieur et j'aimais tellement que ma mère m'en protège. Aujourd'hui, j'ai beau être une grande gueule avec un caractère de merde, je commence à croire qu'il ne me protégera pas du reste.

Alors qui le fera ? L'homme qui m'a condamnée à l'éternité ?

Quel foutu merdier.

***

— Vous vous êtes empressée d'aller voir ce que Reaper avait une fois qu'il a eu le dos tourné ?

Je sursaute en me tournant brusquement. La voix d'homme sortie de nulle part à cette heure fait manquer des battements à mon cœur. Je me retrouve face à… Lachlan.

Il allume la lumière de la bibliothèque et me découvre plongée dans plusieurs ouvrages, un sur les spectres, un autre sur les sorcières, les malédictions et le dernier sur les liens entre Races.

Je le vois froncer les sourcils, je me mords la lèvre en retenant un sourire maintenant que la peur s'évade petit à petit.

J'étais tellement plongée dans mes lectures que je ne l'ai pas entendu arriver. Pourtant, nous sommes en plein milieu de la nuit, tout le monde dort sauf Egon qui est de garde et qui ne m'a pas entendue.

Qu'est-ce que Lachlan fait ici ?

— Je ne cherchais pas cela.

Enfin... je voulais d'abord savoir d'autres choses, mes pistes sur Reaper et sur ce que j'ai vu ces dernières semaines m'ont mis la puce à l'oreille et j'ai quelques hypothèses, rien de certain. Mais je soupçonne le mâle de ne pas être en aussi bonne santé qu'il n'y paraît.

Je tente de ne rien montrer, j'ai compris aujourd'hui, aux nombreux regards assassins de la part du second de la garde, qu'il ne me portait pas dans son cœur.

— Prends-moi pour con, jure-t-il en fermant la porte de la bibliothèque.

Je le défie du regard.

— Vous cherchez à me faire peur ?

— À toi de voir, ça te fait peur ? relance Lachlan en s'approchant de moi.

Je souris, je sens mes canines se développer, dès que je me sens contrariée ou dès qu'une forte émotion me gagne, elles s'allongent, c'est assez... dérangeant.

Je ne veux pas de ça.

Lachlan prend une chaise et vient s'asseoir face à moi.

Avant qu'il ne déclare quelque chose, je le prends de court, tentant le tout pour le tout. Puisqu'il me provoque, je vais faire de même.

— Et vous, je vous fais peur ? Vous pensez que je n'ai pas vu les regards que vous vous lanciez ?

Lachlan me fusille du regard en serrant les poings.

Aurais-je touché un sujet sensible ? J'en suis sûre ! Il le bouffe du regard et le protège de lui, comme rare les coéquipiers le font.

Même si j'étais discrète ces derniers temps, j'ai des talents d'observatrice hors pair, et je les ai vus se dévisager sans que l'autre ne le voie.

Il y a un quelque chose.

— Reaper est maudit, lance Lachlan, pas besoin d'essayer de chercher son point faible.

Le vampire croit que je veux du mal à son… chef. Étrange.

— J'ai cru comprendre que quelque chose n'allait pas en effet, je rétorque avec assurance.

— Comprendre ce n'est rien, lâche Lachlan sur un ton mauvais.

N'essaie pas de m'effrayer mon gars ! Je veux simplement comprendre pourquoi… il y a une sorte d'alchimie entre nous lorsque nous nous parlons, pourquoi le vampire s'inquiète autant. Je veux savoir ce qui m'attend.

Mais Lachlan, que veut-il ?

— Je connais bon nombre de malédictions, de mythes et légendes, alors non, je n'étais pas en train d'essayer de trouver le moyen de lui faire du mal. Seulement, je suis curieuse, j'aime savoir ce qui m'attend, et je me demande si Reaper Creaving ne serait pas victime de la Malédiction du Sang ?

— Peut-être.

À sa façon de réagir face à mon annonce, je dirais que j'ai peut-être vu juste… jusqu'à quel point ? Mystère.

— Est-ce qu'il sait ce qui l'attend ?

— Et qu'est-ce que tu fous avec un livre sur les liens affectifs entre les Races ?

Bien joué, le mâle me répond par une autre question pour ne pas me donner de réponse.

Je déglutis avec difficulté mais décide d'être franche. Il veut la jouer « carte sur table », alors jouons. Et je crois que ça me plaît d'agacer un homme qui m'en veut pour des raisons que je ne comprends pas.

— J'essayais de comprendre pourquoi, nous étions si… liés en si peu de temps, je lâche avec assurance.

— Et t'as trouvé une réponse à tes putains de questions ? m'agresse-t-il.

— Je doute qu'une de mes hypothèses vous plaise.

Nous nous affrontons du regard. Que veut-il réellement ? Je me demande. Lachlan dégage une sorte d'inquiétude derrière sa colère. Pourquoi ? Qu'est-ce que je ne comprends pas entre lui et Reaper ? Ils sont proches, mais jusqu'à quel point ?

— Dis toujours, me tente Lachlan.

Je prends un air sûr de moi en argumentant mes propos.

— On transforme un humain en vampire pour plusieurs raisons. La première : la pitié ou l'intérêt. La seconde : par folie ou pulsion. Et la dernière, c'est bien souvent parce que deux personnes sont liées par un quelque chose qui reste à déterminer. Ça peut être une prophétie ou bien…

— C'est une blague ?! m'interrompt-il.

Le mâle se lève d'un bond, il me massacre du regard et s'énerve comme jamais. Avec violence et si soudainement que j'en ai un mouvement de recul.

Je secoue la tête, ma gorge se noue, je supporte mal la brusquerie ces derniers temps. Mon sang ne fait qu'un tour, le mâle a l'air vraiment… furieux.

— Si vous pensez deux minutes que vous êtes liés à Reaper par ce putain de lien d'âmes sœurs, vous vous trompez !

Il est hors de lui. Est-ce que c'est ce qu'il cherchait en venant me parler ? Pourtant, ce n'est qu'une hypothèse, si le mâle souffre de la Malédiction du Sang, son impulsivité à me transformer pourrait se justifier par tout un tas de choses.

Pourquoi Lachlan craint-il tant à ce point que je sois… cette personne ?

Je me fige la seconde d'après en comprenant, il n'est pas question de le provoquer, parce que mes provocations sont en fait la réalité. Peut-être que les deux mâles sont liés ?

— Pourquoi, c'est vous, son âme sœur ? je rétorque en haussant un sourcil, sur un ton mesquin.

C'est tellement minable Amber de faire ça.

Un vent froid s'abat dans la bibliothèque, Lachlan se tait. Il me dévisage avec rage, il inspire plusieurs fois, ses yeux verts sont luisants de colère, il m'en veut. Il me regarde comme un ennemi alors que j'ai juste voulu… me mettre à son niveau, ne pas me dégonfler comme je l'ai toujours fait.

Je n'aurais pas dû.

— Qui que vous soyez, ça ne va pas se passer ainsi, croyez-moi. Si ce que vous pensez est vrai, nous allons avoir un problème, je n'abandonne pas ce qui est mien. Et vous ne le ferez pas non plus.

Il quitte la pièce l'instant d'après en laissant une ambiance des plus pesantes. Je reste dans le doute, parce que je commence à croire que je ne connais pas aussi bien l'être qui m'a transformée, ni même les bagages qui l'entourent. Qu'est-ce que cette conversation vient de dire ? Est-ce qu'en croisant le chemin de Reaper Creaving, je vais briser des cœurs comme on m'a brisé le mien en m'enlevant mon humanité ?

Quel merdier !

Chapitre 7

Reaper

Trois mois plus tard...

Je déteste ce putain de pays où on se gèle les couilles. Il neige pratiquement toute l'année et un bon nombre des anti-systèmes se sont réfugiés dans l'ancien bastion de Dying Creaving. La Russie est une terre hostile, où le froid aride semble être un ennemi supplémentaire. Personne ne coopère. Les rares fois où nous avons dû intervenir ici, nous avons galéré comme pas possible, tant les vampires et les humains sont méfiants envers les membres du gouvernement international. Pourtant, les dirigeants russes sont loin d'être des enfants de chœur. Mon père a décidé de confier la tâche à de vieux vampires aux caractères aussi froids que cette terre gelée.

Cela fait un mois que nous sommes ici. Nous logeons dans une des maisons du gouvernement, éloignés du reste pour se faire discrets et mener nos recherches.

La Russie est notre dernière piste d'après la vision de Volker, toutes les idées d'endroits semblables à ce qu'il a vu se sont révélées nulles.

Le Canada nous a fait rencontrer des Spectres en patrouille sous ordre de Wraith Shadow, ils surveillaient la porte menant à leur monde. Egon était « ravi » de les croiser, il déteste qu'on lui rappelle qu'il est le fils adoptif du Roi, il déteste la façon dont on s'adresse à lui : on ne lui parle pas, par respect, parce que les procédures sont ainsi dans le monde des Spectres. C'est profondément stupide, mais c'est ainsi.

La Chine nous a montré que dans ses coins les plus reculés, la neige n'était pas encore arrivée.

Le reste n'a été qu'une succession d'échecs et de pistes. Le Conseil est impatient, plus le temps passe, moins nous avons de chances de retrouver Neass Gallagher vivante.

Après de nombreuses recherches, nous avons découvert une région reculée en Russie où la forêt de Volker pourrait se trouver, il y a très peu d'indications sur le lieu, mais les informations données sont claires et parlent au demi-sorcier.

Le restant de l'enquête pour trouver les coupables des massacres des gouvernements stagne. Les gens commencent à parler, et ce n'est pas bon. Ces meurtres ne doivent pas être sous les feux des projecteurs, cela amènerait des rébellions, un manque de confiance envers la première puissance. Le monde en a trop bavé pour que des rivalités éclatent de nouveau.

On doit se bouger le cul. Mon père n'a pas besoin de plus d'inquiétudes que ce qu'il a déjà à gérer, je veux mener ça bien. Je veux me prouver que malgré mes changements, je suis encore capable de diriger.

J'ai décidé d'exploiter les connaissances de notre savoir grâce à Amber. Même si ça ne plait pas à beaucoup de gens au sein de la Garde, j'y vois une chance. Je lui ai demandé de fouiller dans sa mémoire pour se remémorer des affaires ou des légendes similaires à ce que nous vivons.

Je lui ai révélé des informations confidentielles de l'affaire, notamment, la marque retrouvée sur les corps. Amber s'est raidie, mais n'a pas pipé un mot. Elle s'est contentée de me dire qu'elle allait réfléchir. J'ai appris que le gouvernement écossais avait numérisé depuis des années déjà, tous les livres à leur disposition. Amber n'a qu'à se connecter à distance au serveur du Manoir pour pouvoir travailler. Quand j'ai souligné qu'elle nous l'avait caché, elle m'a répondu qu'elle était plutôt une adepte du papier, mais qu'en cas de nécessité, la modernité de sa mère avait du bon.

La Marque est le plus grand mystère. Cet œil à quatre courbes avec une sorte de O coupé en deux, ce n'est pas habituel.

Tout comme ce que je ressens en sa présence. Une attirance folle que j'essaie de contrôler et de tenir éloignée.

Les mêmes sentiments qu'envers Lachlan me percutent avec force et sans comprendre quand je suis près d'elle. J'ai envie de la protéger, et pas seulement parce que je l'ai transformée, c'est plus profond que ça.

Qu'est-ce que c'est, bordel ?

Des emmerdes alors que moi-même, je ne vais pas bien. Les symptômes n'ont fait que s'aggraver depuis qu'on a foulé le sol russe. Les autres commencent à le voir et mon côté maniaque du contrôle ne le supporte pas. Je refuse d'être faible avec des témoins.

Mes parents tentent d'en savoir plus de leur côté, mais mon grand-père est toujours ce connard arrogant qui ne veut pas aider sans rien en retour. Et puisque Dying Creaving est mort, personne ne saura ce qu'il a vraiment fait. Ma cicatrice me lance comme jamais lorsque je suis à l'extérieur. Ma tête est parasitée par des voix qui n'appartiennent à personne, et je rêve toujours de cette femme rousse, venue du néant. Je ne comprends pas ce qu'elle me dit ni où elle veut en venir, mais elle n'est pas rien. Elle est quelqu'un. Son identité m'est encore mystérieuse, mais je finirai par le découvrir.

À moins que ce soit une hallucination, à moins que je devienne fou, que je m'imagine un alter ego ?

Je jure en marchant dans la neige épaisse. Les Russes ne prennent pas la peine de déneiger certaines zones reculées. Tout doit se faire à pied, dans des dizaines de centimètres de neige. On avance difficilement depuis deux heures.

Volker n'a pas cessé de faire des cauchemars cette nuit suite à notre décision de partir vers le nord de la région, en zone aride. Ce matin, il m'a dit que c'était un signe.

J'avance et dans le silence, des voix reviennent. Incohérentes, mélangées, elles ne se parlent pas entre elles. Je n'arrive pas à les comprendre.

Je continue de marcher, un pas devant l'autre, mes compagnons avancent derrière moi. Ils parlent, débriefent. Daemon est muni d'un GPS dont il surveille activement les informations.

— Il me dit qu'il y a un bâtiment derrière la forêt, dans genre… moins d'un kilomètre.

Je jure de nouveau, on y sera dans longtemps.

J'ai pris les devants parce que rester entre Lachlan et Amber devient de plus en plus compliqué. Mon meilleur ami m'en veut toujours et ne fait rien pour arranger les choses avec notre invitée. Il a compris qu'il se passait un truc, un truc incontrôlable qui nous… sépare.

Je n'arrive pas à parler avec lui sans que ça ne dégénère en affrontement physique ou verbal. Il me fuit, il a mal et je le sens. Je ne sais pas quoi faire. Hope ne cesse de me dire que parler pour de bon serait une bonne idée, mais nous savons tous que ça ne servirait à rien. Lachlan veut être présent dans ma chute, quand moi, je veux tomber seul. Le problème, c'est que je n'avais pas prévu une humaine transformée dans l'équation, ramenant son petit cul en disant « je suis peut-être ton âme sœur, n'est-ce pas ? ».

Parce que je le soupçonne, je ne pense pas qu'il s'agisse seulement de la Malédiction qui progresse à vitesse grand V, je pense qu'il se trame une histoire de lien qui se confirme au fur et à mesure de notre proximité et du temps qui passe.

Cette femme, cette inconnue, m'attire et m'excite. Elle me met dans un état de nerfs et je dois me faire violence.

Le froid me pénètre étrangement lorsque j'atteins, le premier, le début d'une forêt dense. La neige se fait plus profonde, je galère à marcher, mais en bon chef, j'ouvre la voie.

Je dois servir à quelque chose.

Mes hommes doutent de moi.

Tu es faible, murmure une voix féminine.

C'est là que tout bascule, en moi et dans ma tête. Des images me percutent de plein fouet. Me frappant avec une telle intensité que j'en reste figée.

Je vois une petite fille dans la neige se battant avec un homme qui lui hurle dessus. Elle est douée, très douée.

Je vois une enfant à qui on apprend les langues, des techniques de logique et de dissimulation.

Je vois le sang, la violence et la cruauté d'une enfant qui semble régner en maître dans une demeure.

Je vois une femme de dos, ses longs cheveux roux sont tressés, elle tire à l'arc avec une perfection des plus stupéfiantes.

Je vois cette même femme nue, dans le lit d'un homme qui ne semble pas être humain. Elle prend son pied, assise sur ce mâle, sa tête bascule en arrière et je rencontre des yeux rouges figés par le plaisir.

Tu es allé trop loin, hurle une voix.

J'ouvre les yeux, mais mon esprit ne revient pas dans le présent, il est dans le néant et la jeune femme rousse qui me fonce dessus.

— Comment as-tu fait ça ? hurle-t-elle encore.

Je n'en sais rien.

Je la dévisage, la rage habite ses yeux et je la vois brandir une dague. Je tente de l'éviter, mais sa rapidité est sa force. Nous luttons à peine, je me retrouve à genoux, elle, face à moi, je me sens désorienté, tout tourne. Elle rit.

— Tu es faible et tu ignores toujours ce qu'il t'arrive. Ceci est ma force.

Est-ce vrai ce qu'il se passe ?

La rousse des flash-back est la même que celle de mes rêves, je le comprends. Mais pourquoi ai-je vu ses souvenirs ? Qu'est-ce que cela veut dire ? Qu'est-ce qu'il vient de se passer ?

Ses yeux rouges croisent les miens durement, sa dague est tachée de sang.

De qui ?

— Tu vas le regretter, chuchote-t-elle à mon oreille. Le temps t'est compté.

Je sens une pression sur ma gorge et tout s'arrête.

Ma vue revient dans notre dimension, j'ai continué de marcher s'en m'en rendre compte. Face à moi se dresse une bâtisse immense, perdue au milieu de nulle part.

Quelque chose de chaud coule le long de mon cou, ma main tremblante touche ce liquide et je vois rapidement que c'est du sang.

Je saigne. Quelqu'un m'a frappé et m'a tailladé sans que je ne m'en aperçoive.

— Reap !

J'entends les voix de Lachlan et de Amber, ainsi que les autres, mais je n'arrive pas à sortir de ma stupeur, je suis figé, mon esprit tourne, j'ai mal partout. Mon esprit divague, je vois des choses, des flashs qui se mélangent avec la vision. Les souvenirs de l'enfance de cette femme reviennent, le mal me dévore en regardant cette maison et ma cicatrice d'enfant, ma Marque, celle de ma malédiction me brûle.

Et sans pouvoir le contrôler, je m'effondre dans la neige sans même sentir le froid, c'est comme si mon corps s'éteignait. Il n'y a que les voix récitant cette chanson dans ma tête qui me font comprendre que je ne suis pas mort… pas encore.

***

Amber

Je soupire en tournant la page sur ma tablette. Cela fait deux mois que je suis sur ce symbole et rien ne vient à mon aide. Ma mémoire m'a abandonnée, comme mon humanité j'ai l'impression. Je n'arrive pas à me rappeler si j'ai déjà vu ou entendu parler d'une histoire semblable à celle que nous vivons.

Je frissonne, un courant d'air froid me glace le sang. Même emmitouflée sous une épaisse couverture, avec un feu de bois derrière moi, j'ai froid. J'essaie de sortir le moins possible parce que je ne suis pas habituée aux voyages.

Le monde me fait peur. Je ne l'aime pas, je ne l'ai jamais aimé, et je l'aime encore moins depuis que je ressens de drôles de choses à cause de ma nouvelle condition.

Je déteste être une vampire. Je déteste cette envie de sang… de sexe, cette attirance envers le Chef de la Garde que je ne comprends pas.

Je l'apprécie malgré ce qu'il m'a fait et je crois que lui aussi.

J'ai bossé sur sa Malédiction, je sais ce qui l'attend, mais je sais aussi que je ne risque rien. Son sang n'est maudit que chez lui, parce qu'il est... lui. Je lui ai raconté un soir, alors qu'il était venu dans ma chambre, de passage au Canada avant notre départ pour la Chine. Reaper Creaving a les mains qui tremblent, mais il semblait nerveux aussi en franchissant ma porte.

On a discuté des choses à venir, le mâle a tenu à me rassurer. Il voulait que je sache que je n'étais pas obligée de les suivre à chaque sortie pour patrouiller et faire des recherches.

J'ai apprécié que Reaper ne me brusque pas. Il a vite compris ma phobie pour le monde extérieur et fait toujours en sorte de me faciliter les choses lorsque nous sortons. Il est près de moi, il veille sur moi, et plus le temps passe, plus je lui en suis reconnaissante.

Reaper Creaving est touchant par sa complexité et ses problèmes avec les émotions et les liens. J'ai compris qu'il était très lié à son meilleur ami... et amant, mais pour des raisons qui me semblent de plus en plus évidentes, les deux hommes se déchirent. Et à côté de ça, il y a... moi. Il règne une attirance électrique entre nous des plus palpables.

On a discuté et nos regards ne cessaient de s'accrocher. Nous ne nous connaissons pas, mais nous sommes liés. Par le sang, par le lien spécial entre un créateur et un nouveau vampire. Reaper veut me protéger coûte que coûte, par besoin, par instinct, par responsabilité. Il m'intrigue, et une part de moi aimerait en savoir plus sur ce mâle énigmatique, aimant sans le vouloir, déchiré entre devoir et passion, maudit.

Reaper Creaving hante mes pensées et mes rêves, je me suis réveillée plusieurs fois tremblante, le souffle court parce que j'imaginais ce que ça ferait de coucher avec un inconnu aussi intense que lui. Mélanger nos corps, nos fluides et augmenter ce désir qui règne sans le convoiter.

Est-ce que nous sommes des âmes sœurs ? Plus je bosse sur ce sujet, plus je commence à le croire. Il y a des signes qui ne trompent pas. On peut désirer éperdument une personne dont on ne connaît rien, voire le détester, et la vouloir quand même parce que c'est ainsi. Sans le choisir, sans le comprendre.

Je soupire, je n'ai pas osé en parler non plus, et je me demande si Reaper ressent ces mêmes sentiments étranges. Le peu de fois où nous nous voyons, c'est spécial.

Je jure en chassant ces idées stupides pour me consacrer sur l'essentiel avant d'aller me coucher.

J'atterris sur un répertoire de symbologie. Je me connecte sur les pages consacrées à *l'œil*. Je n'apprends rien de nouveau, c'est toujours le signe de l'observation, de la communication et de la connaissance. L'œil peut être vu comme une chose divine qui veille ou scrute le monde. Mais l'espèce de cercle coupé, je n'arrive pas à trouver quelque chose de logique et plus j'observe le dessin, plus je me demande s'il ne s'agit pas d'une lettre. Un D ? Peut-être.

Je reviens à ma tablette, je feuillette les pages, je passe les parties consacrées aux confréries, aux organismes, aux sectes et je finis par tomber sur la partie des Ordres. Il y en a une centaine de répertoriés. Certains sont mythiques, d'autres ont réellement existé. Je passe les plus célèbres qui ont tous un symbole connu.

Au bout d'une dizaine de minutes, je m'arrête sur un, il ne contient qu'une page à peine remplie, très peu d'informations, mais c'est le sigle dessiné qui retient mon attention. Il s'agit d'un œil coupé courbé sur les quatre jointures. En dessous de ce dernier, il y a un dicton en calligraphie très ancienne. « *Obscurité, nous nous vengerons* ».

Je me fige, mon cœur s'emballe lorsque ces mots résonnent en moi. Je ferme les yeux alors que des bribes de la nuit où j'ai été agressée me reviennent en mémoire.

C'est ce qu'elles disaient.

Obscurité, nous nous vengerons.

Mon cœur s'emballe, un frisson me gagne. Je n'arrive pas à oublier, ni même ignorer, la marque sur mon sein que la vampire s'est employée à me dessiner. Elle n'est pas partie lorsque Reaper m'a transformée, et je me demande ce qu'elle a pu me faire pour qu'elle reste.

Je me frotte la peau instinctivement, parfois elle me brûle. Elle m'a fait mal au moment où le Chef de la Garde s'est effondré en convulsant. C'était comme un signal d'alarme et ça m'effraie. Voilà pourquoi, cette nuit, je suis éveillée, j'ai besoin de comprendre ce qui est dessiné sur moi. C'est d'ailleurs plus pour moi que pour la Garde que je fais toutes ces recherches. Reaper pensait me confier quelque chose, mais cela faisait déjà un mois que j'étais dessus.

Je n'ai parlé à aucun des membres de la Garde de mes souvenirs de cette nuit-là. Je ne sais pas encore ce qu'ils feront de moi après, quand ils se lasseront de cette enquête et que Reaper Creaving ne pourra plus me garder auprès de lui. Je jouerai cette carte-là, à ce moment précis.

Comment oublier cette rousse aux yeux rouges...

Je termine de lire les maigres informations. J'apprends qu'un Ordre des Déchus n'a pas d'histoire propre si ce n'est une sorte de liste de critères pour en créer un.

Un Ordre des Déchus se mesure par un pacte de sang, dans le sang, par une personne avec une autre ou plus. Ils ont tous un point commun, sont tous rejetés par une société, une situation et s'unissent pour lutter contre leur ennemi commun. Le but d'un Ordre des Déchus est d'œuvrer dans le secret le plus total avant de frapper au moment le plus opportun pour eux. La discrétion et la violence sont leurs principales forces. Ils sont surentraînés, dictés par des instincts féroces. On leur apprend la fidélité et une servitude corps et âme pour la cause de l'Ordre.

Ils font appel à de vieux maléfices issus des anciennes religions éteintes depuis des millénaires.

La dernière note parle d'un Ordre des Déchus datant d'il y a mille ans. Depuis, il n'y en aurait pas eu d'autres. Pourtant, le signe que j'ai sur ma peau semble prouver le contraire.

Je crois que je vais approfondir mes connaissances avant de révéler quoi que ce soit à la Garde. Ces derniers ne me prennent pas au sérieux, je dois leur prouver que la petite humaine – vampire – en a dans le pantalon. Si je découvre qui se cache derrière l'identité de l'œil coupé, j'obtiendrai peut-être mon ticket pour la liberté.

Chapitre 8

Reaper

Je me réveille désorienté, mon cœur bat rapidement dans ma poitrine, une sensation étrange me parcourt le corps. J'ai l'impression d'avoir chuté de plusieurs étages. Je tente de remuer, mais quelqu'un m'empêche de me relever. Et pourquoi, diable, j'ai du mal à voir ?

Mon palpitant s'emballe, est-ce que mes maux se sont aggravés, est-ce que je vais finir comme un putain d'aveugle ?

— Calme-toi, tout va bien, lance une voix familière en me maintenant allongé.

J'entends des bruits de mouvements, puis je sens le matelas se creuser. Une lumière s'allume brusquement, soulageant ma récente frayeur. Je vois le visage de Lachlan, il est marqué par l'inquiétude, ses yeux verts me scrutent avec attention. Il est tendu. Et je me demande depuis combien de temps le vampire est à mes côtés. Je ne remarque pas ma sœur ni Volker dans la pénombre. Nous sommes seuls. Comme d'habitude lorsque l'un de nous chute, l'autre est présent pour l'aider à se relever.

Qu'est-ce qu'il s'est passé ?

— Lach ? je murmure sur un ton rauque.

Bordel, ma gorge me fait mal. Je lève ma main pour examiner mon cou, quand je reçois une claque brusque.

— Ne touche pas, idiot, jure Lachlan, c'est bientôt guéri.

Sa main m'empêche de venir retirer le pansement, je souris, allongé dans ce qui me sert de chambre pour notre voyage ici. Lachlan reste assis près de moi, sa présence hante la pièce. Ses doigts dévient vers mon front, ils sont froids, comme d'habitude. Sous ce contact, je me fige. Est-ce qu'on vient de faire la paix ou est-ce une trêve temporaire ?

— Qu'est-ce qu'il s'est passé ? je demande au bout d'un moment.

Lachlan cesse de me dévisager. Il détourne le regard et scrute la porte close en face de lui. Je le sens se raidir.

— De quoi tu te souviens ?

Je souris tristement, comme d'ordinaire, le mâle répond aux questions par ses propres questions. Je me force à me remémorer mes derniers souvenirs. Je me rappelle le froid, mes jambes fatiguées et mon corps luttant contre la neige épaisse de cette zone aride du nord de la Russie.

Des flashs me reviennent, j'étais confus, j'entendais des voix étranges, et mon cerveau s'est déconnecté quelques instants pour me montrer des bribes d'un passé. Ça ressemblait à ce que Volker décrit dans ses visions. Est-ce une déclinaison de mon pouvoir de télépathie ? Ou un vice de ma Malédiction ? Comme ces rêves étranges qui peuvent désormais se produire en pleine journée ?

Pourquoi mon état s'aggrave si vite ? Je ne comprends pas et je commence à croire que personne ne saura me répondre.

Je repense à cette femme, cette rousse, sauvage et mystérieuse qui était folle de rage à l'idée que je découvre quelque chose. Ces fameuses choses, je n'arrive pas à me rappeler avec exactitudes sur quoi elles portaient.

— Je me souviens avoir vu des souvenirs dont je ne me rappelle plus le contenu, et je me suis effondré.

— Et ta blessure ? Il n'y avait personne quand nous sommes arrivés vers toi, pas de traces de pas dans le sol si ce n'étaient les tiennes.

Lachlan frotte sa barbe de quelques jours, elle durcit ses traits. J'aime quand il s'énerve, son accent de nature allemande ressort légèrement. Il me rappelle la vie qu'il a eue avant d'être adopté par Louis. Quelques années nous séparent et pourtant, j'ai l'impression qu'il a toujours été présent. Sur certains points, il est nettement plus mature que moi.

Mon meilleur ami soupire en déclarant :

— On marchait pour atteindre cette bâtisse que Daemon avait repérée, tu as ouvert la marche, comme d'habitude, et on t'a vu tanguer, avant de tomber dans la neige. Quand je suis arrivé à ta hauteur, j'ai vu que tu saignais.

Je me raidis en imaginant le pire. Je dévisage mon partenaire avec méfiance. Lachlan ne me regarde pas, je crains le pire : est-ce que le vampire a commis l'irréparable ?

Mon cœur se met à battre plus vite.

— Lach, dis-moi que tu n'as rien fait de stupide…

Comme me donner ton sang.

Le mâle se frotte le visage, sans me dévisager, j'essaie de me redresser, mais je jure en sentant le malaise s'installer. J'arrive à m'asseoir contre la tête de lit. Mon cou me lance, et la douleur s'estompe petit à petit dans mon corps.

Qu'est-ce qu'il m'est véritablement arrivé ? C'est un mystère.

— J'ai juré par le serment de La Garde de tout faire pour te maintenir en vie. Tu es mon chef, tu es mon meilleur ami… tu es mon amant.

Sa voix devient plus rauque, ses yeux accrochent les miens, je le vois lutter. Contre lui, contre ses sentiments, contre ses envies. Lachlan souffre plus que je ne le pensais. Il a beau faire comme si de rien n'était, il ne m'a jamais caché ce qu'il ressentait. Quand moi, je ne suis sûr de rien. Aujourd'hui, après trois mois à se battre l'un contre l'autre, que ce soit pour l'enquête, de la Garde ou vis-à-vis du Conseil, on trouve le temps de se parler sans se tuer du regard.

Il y a tant de choses que j'aimerais lui dire, surtout vis-à-vis d'Amber, je ne veux pas qu'il croie que c'est simple. Ça ne l'est pas et je ne sais pas encore ce que je vais faire. En revanche, je suis certain d'une chose.

— Jamais je ne te laisserai mourir.

— Lach…

— Mais je suis un mâle de raison, m'interrompt mon second. Je n'ai pas non plus pris le risque de trahir la promesse que je t'ai faite. Mon sang, ton sang, ne pourront jamais ne faire qu'un.

Je ferme les yeux en acquiesçant, la crainte de devoir affronter d'autres emmerdes liées à ceci m'aurait poussé au bord du gouffre. J'ai déjà Amber dont je dois me soucier, si Lachlan avait succombé à la tentation, ou pire, à la jalousie et au besoin de marquer son territoire, j'ignore les conséquences que cela aurait pu engendrer.

— Lach…

Je le sens perdu. Comme s'il voulait résister à l'envie de fuir rapidement.

Une fois assis, je tends un bras valide vers lui. Ma main se pose sur son épaule. Il frissonne sous mon contact.

Une tension familière naît dans la chambre à peine éclairée. Je sens monter l'adrénaline et cette sensation bien connue dans mon ventre. Le désir, brut et déchirant, qui s'empare de ma raison en un court laps de temps.

Lachlan me dévisage avec ce même élan. Ses canines s'allongent comme les miennes. Mon cœur s'emballe. Le mâle se met à respirer de plus en plus vite.

— Reap…

Ma main serre son pull noir, je l'attire près de moi, il ne résiste pas. Moi non plus. Malgré la douleur, cette sensation me bouffe de l'intérieur. Ma queue se presse contre mon caleçon. Lachlan a pris soin de me mettre à l'aise en me couchant. Le t-shirt ne sera qu'une maigre barrière. Le vampire se retrouve contre moi, son visage à un geste du mien. Le désir augmente à chaque instant, me rongeant de l'intérieur. Je tremble. Ça ne fait qu'empirer au fur et à mesure des mois. J'ai toujours été très porté sur ce sujet, mais pas comme ça, pas avec autant de violence dès que je ressens quelque chose. Tout est décuplé par dix.

Les doigts calleux de Lachlan se nouent autour de mon poignet, son souffle s'abat contre mon visage.

— Je crois que…

— Je croyais qu'on ne pensait plus à rien quand on était seul ? je souffle.

À moins que tu sois encore en colère ?

Lachlan pose son front contre le mien. Sa proximité me rend dingue, c'est d'une violence incroyable qui me coupe la respiration. J'essaie de lutter, mais c'est plus fort. Ça me dévore. Et je le veux.

— Je doute que tu sois en état pour quoi que ce soit, lance-t-il d'une voix essoufflée, surtout pour ça.

Ma main libre dérive vers son entrejambe. Je saisis son sexe bandé à travers son jean. Je le presse, il étouffe un juron en me foudroyant du regard. Je sais que Lachlan en a envie aussi. Son expression prend des allures de luxure alors que je m'active en resserrant ma prise.

— Reaper, bordel...

Ma main sur son t-shirt l'attire plus encore. Lachlan se retrouve allongé sur moi, son corps pesant à moitié sur le mien.

— Ferme ta gueule et viens, je jure.

Et on craque. Encore une fois, pour la millième fois. Lachlan s'écarte pour mieux revenir. Ses bottes dégagent et son poids revient.

Nos bouches se retrouvent, ardentes et intenses. Un duel commence. Sa langue glisse contre la mienne, nos corps se mettent à bouger en écho. Un frottement érotique à peine caché par les draps. Son érection est contre mon ventre. Je remue pour me dégager de la prise des couvertures. Nos gestes sont rapides, effrénés, avides d'en obtenir plus. Nos mains touchent chaque parcelle de peau disponible. Lachlan tire dans mes cheveux sombres en prenant soin de ne pas toucher le côté de mon cou blessé. Nos dents se cognent, je dévore sa bouche en retirant son t-shirt, marquant une légère pause très vite rattrapée par plus d'empressement.

On s'embrasse durant un moment en se caressant, nos hanches bougent en symbiose, attisant le feu. Puis, tout s'accélère alors que l'excitation prend le dessus. Nous n'avons pas le temps de prendre notre temps, on veut juste se retrouver, même inconsciemment et éteindre le feu entre nous.

On se retrouve totalement à poil, le contact de nos peaux me fait jurer. Lachlan glisse une main entre nous et saisit mon sexe qu'il commence à caresser. Je jure, un air malicieux prend possession de son expression et j'adore ça. Retrouver cette putain de complicité au lit. Cette façon que nous avons de comprendre l'autre, ses envies, sans avoir besoin de communiquer.

Le mâle commence à me branler plus durement, sa poigne est franche et mes pensées n'arrivent pas à bloquer les siennes. Je perçois ce qui lui traverse l'esprit et ça me plait. Cette envie qu'il a toujours, ce besoin.

— Je sais que t'en as envie, je demande en l'attirant vers moi quelques minutes plus tard.

Un sourire se dessine sur son visage râpeux.

— On avait dit quoi sur le fait de lire dans les pensées de l'autre pendant le sexe ?

J'empoigne ses reins pour accompagner ses gestes, je le veux à ma hauteur, face à moi, sa queue plantée dans ma putain de gorge, jouant avec mes lèvres et ma langue.

Lachlan ne me repousse pas, au contraire, il vient s'asseoir à hauteur de mon visage, son érection bandée se dresse entre nous. Nos regards se croisent, je vois battre l'excitation chez mon amant. Je n'hésite pas, je tends la langue pour venir lécher la goutte blanche sur son gland. Lachlan saisit mes cheveux et résiste à s'enfoncer en moi brusquement. Je souris en le taquinant légèrement. Ma langue trace un chemin sur sa verge, sur ses veines gonflées par le désir. Je le fais frissonner, longtemps, avant de l'entourer de mes lèvres et de le prendre dans ma bouche.

Lachlan respire plus fort alors que je commence à le sucer franchement, je le fais glisser en moi, alternant entre suçons et coups de langue. Je joue avec son sexe, et Lachlan me baise. Il remue des hanches naturellement, s'enfonçant en moi. Je détends ma mâchoire, je le laisse entrer, prendre ce qu'il veut de moi. Il le fait bien. Je maintiens ma chaleur humide autour de lui alors que mes doigts viennent jouer avec son cul. Titillant son entrée en continuant de le sucer.

Lachlan perd rapidement son calme, sa main se raffermit dans mes cheveux, il accélère le rythme, mes coups de langue rendent mes gestes plus intenses. Je n'ai pas envie qu'il bascule maintenant. Mais plus tard, sur moi, pendant que je serai en lui.

Je saisis ses hanches pour le stopper dans sa course, et le sors de ma bouche.

— Retourne-toi, je souffle contre sa verge que je lâche.

Je croise le regard de Lachlan, son souffle devient plus rapide lorsqu'il comprend ce qu'il va se produire. Il ne dit rien, il se contente d'approcher son visage du mien pour me dérober un baiser rapide et brutal avant de s'exécuter. Le vampire m'enjambe, je mate son cul musclé qui se dresse sous mes yeux, son dos marqué par des cicatrices. Ma main se lève, je ne peux m'empêcher de les toucher. Un frisson gagne Lachlan qui s'immobilise, ses doigts glissent le long de mes cuisses, juste à côté de ma queue tendue qui capte son attention.

— Penche-toi légèrement, je demande dans un murmure.

Lachlan jure en saisissant mon érection qu'il serre. Je gémis bruyamment en serrant la mâchoire, le contact franc de sa main sur moi m'avait manqué. Le mâle commence à me caresser avant même que je ne m'exécute.

Je me laisse glisser légèrement avant d'entrer en action. Mes mains se posent sur chacun des lobes de ses fesses que j'écarte, ma langue fait son grand retour.

— Oh bordel ! s'exclame Lachlan en s'activant.

Ma langue taquine son entrée. Je le lèche et le travaille. Je joue avec ses muscles serrés. Je laisse ma salive et je bande comme un putain d'adolescent en entendant mon meilleur ami jurer et perdre son calme. Il a toujours été… sensible. Je ne faiblis pas, j'accentue mes gestes. J'écarte davantage son cul, y plante ma langue que je remue légèrement. Je le pénètre d'un doigt que je fais lentement aller et venir. Je suce ses bourses, joue avec, les mordille. Je reviens titiller cette zone sensible, alternant mes gestes, mes mouvements.

Au bout de quelques minutes, Lachlan se redresse et s'assoit sur mon visage. Ses mains continuent leur manège. J'entends le mâle se branler en même temps que ma langue travaille son orifice serré. J'ai l'impression que ça fait des lustres qu'on n'a pas baisé ensemble.

Plus de trois mois pour être exact.

— Reaper…

Je m'écarte légèrement.

— Pas encore, Lach.

Je reprends ma tâche, ma langue continue de détendre ses muscles, elle s'enfonce en lui, là où ma queue ira très prochainement. J'aime l'entendre perdre pied. J'aime ses gestes saccadés qui manquent de contenance. Son pouce passe sur mon gland, il s'arque en continuant de se caresser. Ses deux mains sont en rythme, il doit offrir un sacré spectacle. Je frôle sa peau, agrippe ses hanches, mes canines griffent ses fesses. Je commence également à perdre mon self-control. Le désir se fait plus puissant, le feu monte crescendo. Chacun des gestes de Lach devient tendu. Il s'attarde sur mon gland, je ferme les yeux en encaissant les spasmes de plaisir qui viennent mourir dans mon ventre.

Lachlan cède le premier.

— Reap...

Je m'arrête face à cette énième supplique. Je comprends que nous sommes dans le même état, l'un comme l'autre. Trois mois éloignés, sans contact et avec de la rancœur, n'a pas aidé.

J'embrasse sa fesse, y laisse traîner ma langue et mes canines, il jure. Ses mains quittent nos queues. Il s'écarte un instant et revient en me faisant face.

J'attrape sa main, porte ses doigts à ma bouche que je lèche. Ma langue joue entre eux, je les suce en bougeant contre Lach qui frotte ma queue entre ses fesses. Je bande de plus en plus fort.

Je laisse de la salive sur ses doigts et finis par déclarer :

— Vérifie que t'es prêt pour moi.

Un gémissement lui échappe.

— Bordel, je jure en le voyant glisser sa main entre ses fesses.

Lachlan teste le résultat de mon travail sur lui. Je le regarde onduler des hanches, son bras remue et je l'imagine très bien enfoncer ses doigts en lui. Sa tête bascule en arrière, ma main saisit sa queue que je caresse alors qu'il attrape la mienne.

— Reap... commence-t-il.

Mon autre main se loge dans ses cheveux blonds indisciplinés. Je me redresse pour lui faire face, je kiffe la prise de sa verge et passe autour de ses hanches, je le maintiens contre moi en remuant. Ma verge continue de se frotter contre son entrée. Nos peaux sont marquées par la sueur de l'effort.

— Baise-moi Lach, vas-y.

Il se relève, ses doigts placent mon érection à hauteur de son entrée. Lentement, Lachlan laisse faire la gravité. Je sens la légère résistance contre mon gland. Mon rythme cardiaque bat dans mes tempes alors que je m'enfonce en lui. Ses muscles me serrent, Lach me laisse le prendre. Son visage se crispe face à la pointe de douleur de mon intrusion, mais le mâle ne s'arrête pas. Il s'empale sur mon membre, palpite autour de lui, et finit par totalement me prendre. Ses fesses claquent contre mes cuisses. Nous restons quelques instants l'un contre l'autre à trembler.

Bordel de merde !

Lachlan saisit mon visage à deux mains, nos regards plongent l'un dans l'autre et l'organe dans ma poitrine se serre. Un sentiment étrange plane dans ma chambre, un mélange de désespoir, de désir et de plus que ça. Lachlan me regarde avec une telle intensité que j'en ai le souffle coupé. Des mots veulent sortir, mais le vampire s'abstient. À la place, il se penche pour m'embrasser voracement et commence à remuer. Ses cuisses font l'effort, et langoureusement, on commence à user de l'autre. Lachlan s'empale d'abord doucement, puis, de plus en plus vite. Nos mouvements deviennent plus brusques. Je l'embrasse avec empressement alors que son cul me donne l'impression d'être dans un putain d'étau. Je le fais basculer en arrière et lui donne un coup de reins puissant qui le fait jurer contre mes lèvres. Un sourire se dessine sur son visage alors que je le baise avec plus d'ardeur. Je le fais bouger avec la force de mes bras, Lachlan remue aussi et nous trouvons un angle qui nous fait gémir tous les deux. Je heurte sa prostate à plusieurs reprises, il s'agrippe à mes épaules en jurant avant de poursuivre la danse. Toujours plus vite, toujours plus franche. Nos corps claquent l'un contre l'autre durant un long moment, alternant entre empressement et lenteur pour faire durer le plaisir plus longtemps. Nos nerfs sont mis à rude épreuve.

— Va-y ! je le presse en m'allongeant.

Je le laisse mener la danse, ma main saisit sa queue que je caresse rapidement, mon pouce allant et venant sur son gland. Mes gestes sont vifs, aussi désordonnés que les siens. Il s'empale sur moi de plus en plus rapidement. Je sens naître un putain d'orgasme dans mon ventre, mon érection prisonnière n'est pas loin d'exploser. J'ai chaud, le désir me tord de l'intérieur. Mes canines me font mal et je m'oblige à mordre ma langue pour ne pas faire de connerie. C'est intense, et voir mon meilleur ami, sur moi, ma queue plantée dans son cul, ma main autour de sa verge, me rend fou.

— Reap... jure-t-il.

— Jouis sur moi, je lance d'une voix rauque. Jouis et je ferai pareil.

Je souffle, je donne tout ce que j'ai à l'instant. Ma prise sur sa queue devient plus franche, Lachlan s'empale plus durement, massant sa prostate, attisant le feu, jusqu'à l'explosion qui m'emporte avec lui. Le mâle se fige, son orgasme éclate. Son érection tressaute dans ma main alors que de puissants jets chauds viennent tacher mon torse. Lachlan laisse échapper un gémissement profond qui me fait venir à mon tour. Je saisis ses hanches et bascule en jouissant au fond de son corps, bercé par les palpitations de son cul autour de moi. Mon sperme le remplit, je perds la notion du temps, noyé par le plaisir brutal et intense. Je tremble comme une feuille, Lachlan aussi.

Au bout de quelques instants, nous nous calmons et le vampire s'effondre sur moi, sur mon torse taché de sa semence. Nos poitrines montent et descendent dans un rythme saccadé. Bordel, c'est toujours intense entre nous. C'est simple et bon, tout en étant compliqué.

Je l'attire plus haut, nos visages se retrouvent, nos regards s'accrochent, on reste un instant dans ce silence nous liant. Mon meilleur ami porte les stigmates du sexe dans ses yeux.

Le vert est plus vif, presque inoccupé par des âmes. Une de mes mains caresse la joue râpeuse du vampire, ses canines sont encore allongées, désespérées de ne pas pouvoir mordre dans ma peau. C'est presque une supplique silencieuse, je sais qu'il en meurt d'envie, et moi aussi. Depuis toutes ces années, le sexe n'a été et ne sera que physique. Pas de sang, pas de jouissance mêlée par la communion de deux corps qui s'aiment.

Je chasse ces pensées et embrasse voracement les lèvres malmenées de Lachlan. Il se laisse faire en prenant appui sur moi. Nos bouches se cherchent de nouveau, plus lentement quand il ralentit la course. Sa langue glisse contre la mienne, ses dents mordillent mes lèvres, nos souffles ne font plus qu'un. J'apprécie cette tendresse plus calme après ce que nous venons de faire. La sensation de sa barbe se frottant contre moi, le balancement de nos langues, le mouvement de nos lèvres qui continuent d'alimenter l'attraction. Je sens renaître mon érection contre le ventre de Lachlan, et si le mâle me laisse faire, je serais prêt à inverser les rôles cette nuit.

Mais le vampire semble avoir envie d'autre chose.

— Je n'en ai jamais assez, même après dix ans, souffle-t-il en rompant notre baiser.

Je ferme les yeux lorsque son front s'appuie sur le mien. Ma main glisse jusqu'à sa nuque que je caresse. Un frisson le gagne, Lachlan reste contre moi, sa tête vient se perdre dans mon cou qu'il embrasse, je le garde ainsi. Mes bras encerclent son dos et je m'en fous d'être collant et à moitié écrasé par le vampire musclé.

— Et si c'était elle ? Et si l'Écossaise était... ton âme sœur ?

Et si Amber était cette personne que nous pensions être l'un pour l'autre ? Dès que nous avons commencé à coucher ensemble comme deux amants au lieu d'être juste des amis ?

Nous n'avons jamais nié ce qu'il se passait entre nous. Même si je n'ai jamais assumé en dehors de nos moments d'intimité en disant clairement : je suce la queue de mon meilleur pote et j'aime ça... pas seulement ça d'ailleurs.

Beaucoup savent, beaucoup ont deviné et beaucoup soupçonnent que l'unique fils de Dead Creaving, l'enfant de la prophétie se tape tout ce qui bouge. En plus de Lachlan Stanhope. Et il le sait. Durant l'adolescence, je ne compte pas le nombre fois où nous avons partagé des nanas, des mecs. Rares sont les fois où nous n'avons pas baisé ensemble.

Son étreinte se resserre autour de moi, nos mains se baladent sur nos corps enlacés, il règne encore une forte odeur de sexe dans la pénombre de la chambre que j'occupe, ici, en Russie.

Mon cœur se serre en réalisant que nous nous sommes retrouvés cette nuit, après des mois séparés à se confronter pour l'enquête, contre mes choix, contre mon acte de transformer une inconnue, Lachlan était là, encore, quand j'avais le plus besoin de lui. Ce soir, il a pris soin de moi, il m'a montré encore ce que ça faisait d'être ce nous interdit.

— Ça ne changerait rien, je finis par répondre.

Lachlan ne bouge pas, il reste contre moi à somnoler alors que nous nous parlons enfin depuis les derniers incidents.

— Vis-à-vis de quoi ?

De nous ? reste en suspens. Pourtant, dans sa tête, je l'entends se demander quel avenir on va avoir quand une femme sous ma responsabilité présente tous les signes d'une âme sœur. Amant dans la nuit, amis et partenaire dans le jour ? Plus rien du tout ?

Je soupire, je ne suis pas de taille ce soir à me poser des questions. Je veux savourer ce sentiment de plénitude.

Je tourne mon visage dans ses cheveux blonds, l'intimité avec lui me laisse toujours sans voix. Je ne sais pas comme l'interpréter, mais j'aime ça.

— Du deuil que j'ai fait d'aimer et de partager ma vie avec quelqu'un, je n'imposerai ça à personne, je murmure.

Je sens Lachlan se raidir, sa main se fige sur une des cicatrices sur mon torse. Mon rythme cardiaque s'accélère. Je sais ce qu'il va se produire dans les minutes à venir. Lachlan ne va pas vouloir entrer dans une nouvelle conversation stérile. Il va s'écarter de moi, se lever, mettre de la distance entre nous pour ne pas ressentir cette douleur dans sa poitrine qui le dévore depuis des mois. Avant que le vampire ne prenne les devants, je décide de le retenir.

— Est-ce que je peux être égoïste, Lach ? je chuchote. Est-ce que tu peux rester avec moi cette nuit ? Comme s'il n'y avait rien eu aujourd'hui, pas de malaise, pas de panique, juste...

Le reste.

Lachlan se fige, sans doute surpris de m'entendre dire ça. Je tourne mon visage vers lui, mon meilleur ami me dévisage avec étonnement.

— Je n'ai pas fait le deuil...
— Je sais.
— Je n'aime pas cette fille.
— Je sais, je répète douloureusement.
— Elle t'apprécie.

Je souris. Je crois que j'aime le voir jaloux, ça me fait ressentir tout un tas de trucs.

— Je sais.
— Est-ce qu'elle va rester sous ta protection indéfiniment ?

Je donne un coup de reins pour le faire basculer sous moi. Lachlan se met à rire, sa voix rauque et suave me fait bander bordel. Ça me rappelle cet hiver au Canada qu'on a passé coincés dans une demeure isolée. On y est restés durant des semaines, et la baraque n'a pas cessé de sentir le sexe et la luxure. Tout le monde se tapait tout le monde et nous sommes restés des jours dans la chambre à s'envoyer en l'air. C'était putain de bon, rien d'autre ne comptait, pas de responsabilités, juste nos envies.

Ses jambes s'écartent pour me laisser m'y installer, ma tête tourne encore et mon corps est toujours endolori.

Mais qu'importe.

— Je n'ai pas de réponses à ça, Lach.

Il acquiesce.

— La seule chose qui apaise ma colère, c'est qu'elle n'aura pas ce que je ne peux pas obtenir.

Mon cœur se serre, je le dévisage avec intensité en chassant la plaie qui se crée dans ma poitrine, la même que

Lach a depuis cinq ans. Depuis que je me suis réveillé un matin, et que la Malédiction était revenue.

Je chasse les questions sans réponses pour me consacrer quelques heures encore à l'homme qui partage ma vie depuis toujours, la seule personne stable qui, je sais, ne me laissera pas tomber, même si je le repousse.

Parce que dans notre cas, la fraternité dépasse tout.

CHAPITRE 9

Reaper

Je sors de ma chambre avant que Lachlan ne se réveille. Malgré le manque de sommeil, j'ai réussi à récupérer de ma blessure, elle est presque guérie. Je l'ai étudiée en prenant ma douche froide, bientôt, il n'y aura plus qu'une marque. Ce genre de blessure guérit plus vite lorsqu'on prend du sang, mais dans mon cas, je préfère la patience à la pure folie.

Je ferme la porte doucement pour Lachlan, je suis décidé à aller fouiller dans nos rapports d'enquêtes pour partir sur de nouvelles pistes. J'y ai pensé cette nuit, lorsque mon meilleur ami était blotti dans mes bras, endormi. Je pensais à notre enquête, à tous ces endroits que nous avons écumés à la recherche d'indices et je me suis dit que je devais tout reprendre depuis le début et voir ce que ça pouvait donner avec un œil neuf. J'ignore ce que la Garde compte faire avec moi, si mes frères et sœurs me jugent trop faible pour commander. Je les comprendrais, mais j'aimerais terminer cette traque avant de me retirer et de laisser la main à Lachlan ou à Daemon. J'y ai pensé également cette nuit, et nous allons en arriver là. J'en ai conscience.

On élit le chef à la majorité. Le Président des États-Unis a sa recommandation, mais il ne décide pas. Ce sont les membres qui décident de leur dirigeant. Nos règles font loi mais le chef doit montrer l'exemple, incarner la force.

Je commence à ne plus être ainsi.

— Alors comme ça, tu es le genre de gars à partir avant le petit matin pour t'éviter des explications ?

Je me raidis en entendant cette voix féminine à l'accent écossais. Je me retourne et découvre Amber, cette belle rousse au sourire charmeur qui me fait face. Elle ferme son gros gilet gris en s'approchant d'un pas déterminé. Qu'est-ce qu'elle fait ici à cette heure-là ?

Voyant sans doute ma question dans mon regard, Amber y répond.

— Je suis insomniaque en plus d'être terrifiée par le monde extérieur, je rajoute des cordes à mon arc, pas vrai ?

— Le monde est fou, je me contente de souligner.

Et après trente ans de vie sur cette putain de terre, je sais de quoi je parle.

Elle soupire en détournant son regard vert.

— À qui le dis-tu.

Nous restons un instant dans le couloir, je me demande si elle m'a entendu ou si elle voulait venir vers moi pour me parler.

Je m'apprête à l'interroger quand Amber se lance. Elle inspire en déclarant :

— Je voulais venir voir comment tu allais en pensant que peut-être, Lachlan avait fini par partir pour aller se reposer.

Un léger sourire se dessine, dévoilant un certain amusement dans ses propos. J'ai compris que l'Écossaise avait pigé que nous étions un peu plus que ça. Amants, amis, un tout étrange qui ne veut pas de mots pour le définir, parce que ça nous effraie trop.

Parce que ça m'effraie trop.

— Je croyais qu'il montait la garde. Du coup, tu tombes à pic.

— De quoi voulais-tu me parler ? je demande pour éviter de la faire tourner autour du pot.

Ça me divertit, elle me fait penser à ma petite sœur. Hope est une femme comme Amber. À la recherche de complications même dans les solutions.

Mais Amber continue, je commence à croire que c'est dans leur nature, ne jamais être directe, tâter le terrain avant de voir si c'est le bon moment pour balancer sa bombe.

— On pourrait faire un deal ?

Je fronce les sourcils, surpris de cette demande. En quoi avons-nous besoin de marchander elle et moi ? Nous ne sommes rien, deux inconnus que la vie a décidé de lier. Deux inconnus qui partagent un quotidien et une lutte commune. Amber n'est pas une ennemie, je n'ai pas à négocier les choses avec elle... à moins que la vampire ne voit pas les choses de la même façon.

— À quel propos ?

— Je bosse pour toi depuis des mois sur votre enquête dont j'ignore presque tout. Mais depuis que tu m'as donné des informations, parce que tu avais besoin de moi...

Elle tourne encore plus autour du pot, je commence à croire que sa bombe est une tornade. Je croise les bras, vraiment intéressé par cette conversation matinale qui me sort de mes pensées sombres et inquiétantes sur un avenir qui ne me dit rien.

— Tu penses qu'en me chopant au réveil, tu obtiendras ce que tu veux ? je la taquine.

Amber prend un air fier et sûr d'elle.

— Je pense que l'information que j'ai à te communiquer va pouvoir t'aider.

Une information ? Je tente de ne pas laisser transparaître qu'elle a touché un point sensible. Je l'étudie du regard, j'essaie de pénétrer son esprit pour savoir ce qu'elle me cache, mais la femme de Savoir n'est pas stupide. Elle m'affronte du regard en prenant la même position que moi.

Va te faire foutre, Creaving, tu ne sauras rien, lance-t-elle dans son esprit, histoire que je pige bien que c'est Amber qui mène la danse à cet instant.

Je souris de plus belle, elle me plait. Elle me fait penser à ma sœur et à ma mère. Une femme forte avec ses blessures, et ses faiblesses malgré tout.

— Tu m'intrigues. Qu'est-ce que tu veux en échange de cette fameuse information qui a l'air importante, mais dont j'ignore tout ?

Je la provoque et Amber le sait, mais elle ne se démonte pas. On s'affronte calmement dans le couloir.

— Je veux que tu m'apprennes à me battre en échange de quoi, je t'apporterai l'information que j'ai découverte et qui, je pense, fera avancer ton enquête d'un pas de géant.

Je respire plus vite en serrant les poings alors qu'un sentiment étrange me gagne, c'est comme si je pressentais une nouvelle qui n'allait pas me plaire. Mais je me prépare à y faire face, j'ai l'habitude des révélations qui me laissent pantois.

— C'est tout ? je poursuis quand même.

Amber acquiesce.

— Et que tu m'inclues davantage à cette enquête, il s'agit de ma mère, et je pense qu'avec ce que je vais te fournir, tu n'auras pas de prétextes pour me dire non.

Le silence gagne le couloir où les chambres sont toutes occupées par un ou deux membres de la Garde, tout dépend de qui a fini avec qui cette nuit. C'est une des facettes choquantes de notre… organisation. Certains vampires issus des hautes sociétés ne comprennent pas que notre corps d'élite soit déluré sur certains points.

— Avant que je ne réponde. J'ai une question. En tant que *Femme de Savoir*, tu penses que nous pourrions retrouver à qui appartenait la bâtisse que nous avons vue ?

— Et que n'avons pas pu visiter parce que tu pissais le sang, ironise-t-elle.

— Une égratignure, je grogne.

Je suis un mâle avec un sale caractère et parfois, j'ai du mal qu'on remette en compte ma… virilité. Pure confession de queutard. Et Amber le fait quand même, elle sourit encore en s'amusant de sentir la tension en moi se décupler.

— Mais oui. Et pour répondre à ta question, je pense que cette demeure est liée à ma découverte.

Ah oui ? J'ai hâte de voir comment elle a pu deviner ça.

Amber s'approche de moi d'un pas toujours aussi assuré, et je m'interroge : combien de temps elle a mis à réfléchir à notre confrontation ? Quel courage cela a dû lui demander ? Amber n'est pas habituée à évoluer en dehors de sa vie bien protégée par ses parents. Une terrible erreur de leur part, et en même temps, un cadeau.

— Alors, faisons un premier deal. Premièrement, nous nous contenterons d'une pure relation de travail avec un

soupçon de sympathie. Ensuite, une fois que nous aurons retrouvé ma mère, tu me libères des jougs de la Garde.
— Des jougs ? je souligne en haussant un sourcil.
Amber roule des yeux.
— De la protection, si tu préfères ?
— Je préfère.
— En retour, je t'apprends ce que j'ai découvert.
— Qui est ?
Je n'oublie rien ma belle.

Je la confronte, j'attends qu'elle me donne ces fameuses informations. Je me sens nerveux, sur la défensive. J'ai envie d'aller me défouler, d'évacuer ce trop-plein d'énergie que je pensais avoir soulagé auprès de Lachlan durant une partie de la nuit. Mais ça revient, toujours plus fort, comme un drogué en manque. Cette sensation de perdre pied me rend méfiant, face à Amber, face à cette femme qui a été le premier symptôme.

Je ne vois pas venir la bombe de sa découverte, tellement je suis perdu dans mes pensées sombres, encore. Je les chasse au moment où la vampire délie sa langue.

— Je sais à qui appartient le symbole gravé sur les corps. D'une part, parce que je porte le même sur la peau. Et d'une autre, parce que j'ai trouvé une piste sur l'identité d'une telle organisation dans mes ouvrages. C'est un Ordre. Une confrérie secrète tournée vers un seul et unique but, tapi dans l'ombre depuis des années. J'ai trouvé une référence à l'œil en allant voir du côté des Ordres des Déchus. Ce sont des confréries très anciennes et très secrètes qui ont une cause ou une croyance commune. Ils sont capables du pire et usent de magies très anciennes et très sombres. Un peu comme le champ de force que vous avez décrit dans vos rapports.

Je reste sans voix durant une minute en encaissant ses propos. C'est assez logique et plutôt détaillé, prouvant que la Femme de Savoir a attendu d'en connaître un maximum avant de venir me révéler l'étendue de sa découverte. En revanche, je ne suis pas certain d'apprécier si ça fait des semaines qu'elle me trimballe. Je doute que non.

— Pourquoi m'avoir caché ça ? je lance d'une voix presque sèche.

Amber m'affronte du regard, elle s'approche de nouveau. Nous ne sommes plus qu'à un mètre l'un de l'autre et je sens la tension s'accroître dans le couloir. Intense et violente, comme la nuit où je l'ai transformée. Comme lorsque je regarde Lachlan juste avant de succomber.

— Pourquoi ne l'as-tu pas entendu ? Je ne te faisais pas confiance à ce moment-là.

— Et maintenant ?

J'entends son rythme cardiaque s'emballer lorsque je fais un pas vers elle, par réflexe, elle recule. La vampire est mal à l'aise avec les autres, mais pas avec moi. Ce sont ses peurs qui réagissent en premier, je le sais. Depuis que je l'ai vue paniquer, depuis qu'elle m'a avoué avoir peur du monde, j'ai compris que je représentais la sécurité autant que le danger.

Ses canines s'allongent et je constate que je dois représenter un peu plus que ça.

— Maintenant je vois un homme perdu qui tente de se raccrocher à ce qu'il peut pour survivre à ce qui l'attend. Tu as besoin de finir cette mission avant… avant que ça n'empire, murmure-t-elle en déglutissant.

Touché.

Je la dévisage sans rien dire durant un moment. Amber sait des choses sur mon état, avec ses connaissances, je serais stupide de l'ignorer, de croire qu'elle est la dernière personne à ne pas connaître ma situation. Elle a visé juste et je ne peux pas le nier.

Je me donne quelques instants pour reprendre contenance, pesant le pour et le contre, mais surtout, je tente d'analyser au mieux ce qu'Amber a découvert.

Je finis par rapidement trancher.

— Allons vérifier si ce que tu dis est vrai.

Amber se raidit à son tour, je sens la panique dans sa voix, ses cheveux roux encadrent son visage d'ange.

— C'est-à-dire ?

Je tends une main pour remettre en place une mèche rebelle avant de brusquement m'écarter, comme si elle m'avait brûlé.

— Va t'habiller chaudement, toi et moi, on part en randonnée. On va aller visiter cette maison.

— Seuls ?! s'exclame-t-elle en écarquillant les yeux.

J'acquiesce.

— Seuls. Tu n'as pas de raison de flipper, tu me fais confiance, je rétorque sur un ton serein.

Je l'affronte du regard, la tension devient plus intense alors qu'on se provoque. C'est un jeu, c'est ce que j'ai toujours fait avec mes frères d'armes. Me lancer dans une courte mission pour voir si la confiance est là, si l'alchimie passe, si dans la merde, on peut ne faire qu'un. Et dans notre situation, c'est un test. Pour elle, comme pour moi. J'ai tout à perdre et je veux voir si je suis encore capable de résister à mes maux qui n'ont pas cessé de me hurler durant notre échange de la mordre encore, pour provoquer une situation dont je ne veux pas.

Je ne laisse pas le temps à Amber de discuter mes ordres, elle veut faire partie de la Garde, du moins, momentanément, c'est à mes conditions. Elle n'a qu'à s'y plier.

Lorsque je me détourne d'elle pour aller m'armer, je sais qu'Amber va m'écouter. Dans dix minutes, nous nous retrouverons et nous irons explorer sans la Garde cette maison perdue, en espérant trouver des réponses à mes questions qui demeurent.

***

Quelques heures plus tard, nous avons réussi à retrouver le chemin de la bâtisse abandonnée. Je n'ai pas eu de flashs, pas de voix autre que les habituelles, et l'autre rousse n'est pas revenue me hanter pour me blesser. Nous avons laissé un mot aux membres de la Garde, sans dire où nous allions, mais je sais que Lachlan saura lire entre les lignes. Le mâle ne va pas être ravi de mon escapade, mais je pense que ça peut être bon pour notre mission.

Nous avons mis deux bonnes heures à accéder au lieu, la neige ayant rendu le chemin compliqué. Nous avons pris notre temps, mais après ce périple, nous avons fini par franchir la porte de la bâtisse abandonnée. Il régnait un froid et une tension étrange qui a figé Amber. Sur le moment, j'ai cru que j'avais fait un mauvais calcul en l'emmenant avec moi. Mais Amber m'a surprise en prenant quelques minutes pour se ressaisir. Je crois que la nouvelle vampire voulait me prouver qu'elle pouvait le faire.

Je reconnais bien cette ténacité, celle de ses parents que j'ai rencontrés quelques fois et à travers les dires de mon père.

On avance petit à petit dans les couloirs sombres et gris de la maison froide. Il y a très peu de meubles, la poussière règne en maître et ça me fait penser aux maisons hantées.

Amber reste près de moi et ça m'amuse de la voir aussi forte que trouillarde. Mais elle ne me lâche pas. Au lieu de ça, pour faire taire sa peur pendant qu'on examine des lieux abandonnés, elle se met à me parler.

— On pourrait parler du second élément que j'ai découvert.

Mon regard scrute chaque recoin, je ne voudrais pas être surpris par des habitants malintentionnés.

— Tu présumes que nous sommes destinés, je lâche en essayant d'être détendu.

Amber se fige, je m'arrête de marcher pour me tourner et lui faire face. Nos regards clairs se croisent dans la pénombre. Le silence et la froideur nous entourent.

— Je ne veux blesser personne, rétorque l'ancienne humaine, mon but n'est pas de demeurer une vampire.

— Écoute, l'Écossaise, je ne veux pas être négatif, mais c'est irréversible…

Amber lève une main pour me faire taire.

— C'est une conversation que je me refuse d'avoir avec toi.

Elle me sourit, en toute franchise et j'acquiesce, très bien, puisqu'elle ne veut pas, pas de problème. Nous n'en parlerons pas. Mais cela m'emmerde que la jeune femme se lance dans une traque à l'information qui ne changera strictement rien à son état.

Mais soit, certaines personnes ont besoin de voir de leurs propres yeux pour comprendre.

— Je disais, reprend Amber, je ne veux blesser personne. Et depuis quelque temps, j'ai cru comprendre que ton second et toi...

— Mon second et moi ? je reprends, amusé de l'imaginer rougir à la mention de deux mâles ensemble.

Est-ce que ça l'excite ? Parce que je connais un bon nombre de femmes qui ne restent pas indifférentes à un tel spectacle.

Je m'avance vers elle, Amber se retrouve plaquée contre l'une des portes fermées, un frisson la parcourt. Je m'appuie contre elle et sens naître une tension réchauffant ce couloir froid. Cette soudaine proximité nous mène sur un terrain glissant. Nos rythmes cardiaques s'accélèrent instantanément et le désir me gagne doucement. Je ne contrôle rien, je ne sais même pas si j'en ai envie, mais ça fait comme les autres fois où nous nous sommes retrouvés proches.

— Oui, je... Lachlan est clairement venu poser ses couilles une nuit. Il a compris qu'il y avait quelque chose entre nous. Je crois qu'il t'aime.

— Je le sais, je souffle.

Je pose une main à côté de son visage pour me pencher vers elle, j'aimerais lire dans sa tête, savoir ce qu'il s'y passe et si cette frénésie vient de moi seulement ou de nous.

Est-ce que je lui fais peur ?

— Et toi ? Est-ce que tu l'aimes ?

— En quoi ma réponse t'importe ? je rétorque en la dévisageant droit dans les yeux.

Je ne veux pas répondre, je n'ai jamais voulu le faire auprès de Lachlan.

Parce que je veux le protéger, je ne souhaite pas lui faire plus mal que je ne lui en fais déjà.

— Je ne veux faire souffrir personne, murmure Amber, s'il t'aime, notre lien le tuera.

— Tu ne veux faire souffrir personne ou tu veux trouver une échappatoire si jamais, nous étions liés autrement que par mon sang dans ton corps ? je la questionne.

— Je ne veux faire souffrir personne, répète-t-elle.

La tension s'accroît, ma gorge se serre. Mon rythme cardiaque s'emballe en sa présence, à cause de ses yeux verts exprimant de la compassion. Pourquoi s'inquiéter pour deux hommes dont elle ne connaît pas l'histoire et pour le responsable de sa transformation ?

Pourquoi tant de bonté alors que je n'en mérite pas une miette.

— Moi non plus.

— C'est quelqu'un de bien Lachlan, du peu que j'en ai vu. Et il t'aime, c'est une certitude.

Cette conversion me serre le cœur. Je suis froid, je ne suis pas aveugle, ni sourd, et je suis bouleversé à chaque fois qu'il y a un nous. Le nôtre, secret et interdit, secret et intime.

Mais ça, Amber n'a pas à le savoir, ce qui m'étonne, c'est que ce soit si visible.

Dans une autre vie, j'aurais pu l'aimer moi aussi.

— C'est compliqué.

— Parce que tu portes la Malédiction du Sang ?

Je me raidis.

— Si tu étais moins borné, tu écouterais ce que tes proches te disent, déclare la vampire.

— Il y a trop de zones de non-dits dans ce qui entoure les mystères de mon mal. Et qu'est-ce que tu sais sur ma malédiction ? je la provoque, agacé qu'elle sache.

Pourquoi Reap ? Parce que ça te rend faible ? Parce que tu as l'impression que tout t'échappe ? Parce que cette femme, tu es censé en prendre soin et tu redoutes le moment où tu vas basculer ?

Bordel !

— Au stade où je pense que tu en es... je présume qu'il ne te reste qu'un mois... peut-être deux grand maximum.

Je m'éloigne brusquement, chassant avec violence cette attirance tel un aimant et le reste. La colère me gagne face à sa confession. Amber s'est renseignée...

Un mois, c'est beaucoup moins que ce que Volker m'avait dit avant mon arrivée en Russie.

Je lui tourne le dos en reprenant mon souffle pour calmer mes nerfs. Je pars comme une fusée ces derniers temps, un rien m'allume, un rien me fout dans des colères monstres. Amber n'y est pour rien, c'est bien pour cela que je tente de reprendre ce contrôle qui m'échappe petit à petit.

— OK, merci, je murmure au bout de plusieurs minutes.

— Mais tu…

— Tu m'as demandé de ne pas me mêler de ta condition de vampire, ne te mêles pas de ma condition de maudit.

Amber jure et je crois presque l'entendre me traiter de connard. Je n'ai pas le temps de répondre qu'un petit cri rauque résonne dans le silence inquiétant de la demeure, je me retourne d'un bond pour découvrir ma partenaire du jour avachie sur le sol de la pièce qu'elle a ouverte.

Je me précipite vers elle, et l'aide à se relever. Une fois debout, Amber tousse pour chasser la poussière, mais ce n'est pas ça qui retient son attention.

Nos regards scrutent exactement la même chose.

C'est une immense salle de… de réunion ? Non, on dirait un lieu de prière, comme une chapelle. Il y a des cierges qui brûlent par endroit, des drapeaux abordant le symbole qu'Amber m'a montré sur sa poitrine et ceux des corps. Au fond de la pièce, il y a un portrait à moitié abîmé par les années. Sur le sol, des inscriptions dans une langue ancienne captent mon attention. Mais surtout, ce sont les mots confirmant la découverte d'Amber qui me glace le sang : ORDRE DES DÉCHUS.

— Je crois que nous venons de trouver une piste, partenaire, s'exclame Amber pour rompre le silence.

Je reste figé, j'observe les lieux, c'est surréaliste, comment j'ai pu ne pas le sentir avant maintenant ? Et comment Volker a pu ne pas le voir ?

Ça sent le piège. Ma méfiance se décuple et je ne pense plus qu'à une chose : rebrousser chemin pour aller demander conseil aux Membres du gouvernement. Je crois que les événements vont nous dépasser. C'est plus qu'une petite organisation… ça a l'air sérieux.

— Je crois que c'est fait exprès, je murmure en l'attrapant par la taille pour l'attirer à moi.

— Tu ne crois pas en ta chance ? lance Amber avec la naïveté de quelqu'un qui n'est resté qu'avec des livres.

Je croise son regard, elle perd son sourire en voyant que je ne plaisante plus.

— Je pense que depuis le départ, on voulait nous amener ici. Et je crois qu'on nous a attiré ici dans le but qu'on découvre ce lieu. On doit partir avant qu'il nous arrive quelque chose. Viens.

Je saisis sa main et l'entraîne dans le sens inverse, en espérant que notre escapade ne nous vaudra pas de tomber dans un piège.

Lorsque nous atteignons le dehors de la bâtisse, nous nous mettons à courir dans la neige comme pour fuir quelque chose qui n'existe pas.

Je crois bien que nous venons de découvrir le QG abandonné de notre nouvel ami. Je suis impatient et soucieux d'entendre ce que me dira mon père à la mention d'un Ordre secret rassemblant des Déchus. On vient de trouver un début de réponse, mais il reste le pourquoi.

Pourquoi cet Ordre tapi dans l'ombre vient de ressurgir ? Mais surtout, est-ce que la Rousse de mes flashbacks a un lien avec tout ça ?

Je sens qu'il n'y a pas que les secrets de ce lieu qu'on va devoir délier, ma langue fera partie des prochaines victimes.

Chapitre 10

Amber

Quelques heures plus tard.

Je reste silencieuse dans la salle de réunion où je suis conviée pour la première fois. Je me doute que certains membres de la Garde ne sont pas ravis de ce petit road trip en tête à tête avec le Chef. J'ai cru comprendre que Reaper faisait ce genre d'expédition avec chacun d'eux. Mais je ne suis pas « eux ».

Reaper vient de terminer son rapport auprès de ses frères et du Conseil. Je reste discrète dans mon coin en écoutant attentivement. L'avantage de nos nouvelles technologies, c'est que nous pouvons voir les autres, comme s'ils étaient juste en face de nous. Reaper leur a montré les photos que nous avons rapidement prises avant de nous en aller en plus de nos deux témoignages. Je remarque qu'il n'informe pas le Conseil de ses symptômes et de sa blessure. Je me demande si quelqu'un est au courant de ce qui tourmente le mâle, ce n'est pas seulement la maladie, il était réellement inquiet quand nous étions dans cette pièce aux allures d'autel funeste.

Le Conseil est resté silencieux, surtout après mon intervention concernant mes découvertes. J'ai bien vu que le président Creaving et son conseiller le plus connu, Louis Stanhope, s'étaient raidis à la mention de l'Ordre des Déchus. Sans doute, les deux vampires doivent en connaître plus que moi à ce sujet, et je commence à soupçonner que ce n'est pas bon signe.

Au bout de plusieurs minutes de silence, Dead Creaving cesse de frotter sa barbe de quelques heures et annonce au restant des membres de la Garde :

— Vous allez y retourner. Je vais contacter Alekseï Azarov pour qu'il vous fournisse des hommes. C'est peut-être un piège. Mais si ça ne l'est pas, plus vous serez, plus vous aurez de chances de trouver des indices. Si les soupçons de Reaper s'avèrent être vrais, nous allons avoir un sérieux problème. Cela ne concernera plus la Garde, mais la Coalition. La dernière fois que nous avons connu un Ordre des Déchus, une guerre a éclaté entre les puissants et les rebelles. Nous ne pouvons pas en arriver là.

Je sens la crispation de la Garde qui étudie l'expression des dirigeants. Anneliese prend soin de noter toutes les informations données. S'en suit des explications et des planifications de missions. Je ne comprends pas grand-chose, je bloque mon esprit en pensant aux révélations que mes découvertes ont engendrées. J'ai bien vu l'inquiétude profonde du Conseil des États-Unis. L'Ordre des Déchus, le QG que nous avons trouvé, c'est une menace. Le seul hic dans cette affaire, c'est pourquoi enlever des dirigeants ? Qu'est-ce que cet Ordre en fait ? Dans quel but cela sert-il ?

J'ai été soulagé que Reaper garde sous silence la marque sur ma peau.

— Reaper, tu ne mèneras pas cette expédition, lâche le Président au bout d'un moment.

Un vent froid s'abat dans la pièce, tout le monde se raidit, mon regard se porte vers le Chef qui serre les poings et la mâchoire. Apparemment, cette annonce surprend chaque personne présente.

Reaper tente de garder son calme.

— Je suis le chef de la Garde, pourquoi je ne m'occuperais pas de cette courte mission ?

Son père le dévisage avec sérieux et calme en expliquant sa décision, sous l'œil bienveillant de sa femme et de ses conseillers qui semblent approuver.

— Tu as désobéi aux règles de la Garde, rétorque son père, Lachlan et Daemon s'en sortiront très bien sans toi pour cette fois-ci. Ce n'est pas parce que tu diriges cette unité que tu es dispensé de respecter son règlement. C'est le second avertissement, tu sais ce qu'il se passe au troisième ? Des sanctions devront être prises. Le Conseil ne peut pas se permettre que la Garde traîne une mauvaise réputation et agisse comme des mercenaires.

— Tu fais ça uniquement parce que…

— Je fais ça uniquement parce que tu as désobéi aux règles. Reaper Creaving, me suis-je bien fait comprendre ? De Président à Chef ?

Reaper foudroie du regard son paternel en acquiesçant. Le ton du dirigeant est intransigeant, son fils a plutôt intérêt à ne pas la ramener.

— Très clair, répond-il entre ses dents.

Il se retire de devant la caméra pour laisser place à ses seconds qui sont restés sans voix depuis l'annonce du Président. Je pense que Reaper va sortir de la salle de réunion, mais non. Le chef s'installe en retrait, en face de moi, mais dos à l'appel en visioconférence et loin du rassemblement. Un profond soupir lui échappe lorsqu'il ferme les yeux et se frotte le visage. Je sens la tension qui émane de lui, on dirait qu'il va exploser.

Dead se tourne vers Lachlan et Daemon.

— Je vous écoute, puisque que vous dirigerez cette opération, que comptez-vous faire pour ramener des preuves et peut-être même plus ? Le but étant de trouver les coupables le plus rapidement possible. Désormais, le temps nous est peut-être compté.

Après la stupeur, la Garde prend soin d'obéir aux ordres. Les deux seconds se mettent à réfléchir à une idée concernant la marche à suivre que le conseil finit par valider au bout de vingt minutes. Une fois la connexion avec les États-Unis coupée, Reaper se lève rapidement et disparaît, tel une tempête, ne laissant personne l'atteindre.

***

J'hésite quelques instants à pénétrer dans la salle d'entraînement dans l'aile opposée des appartements. Une musique rap assourdissante règne dans cette partie de la maison. Nous sommes seuls, les autres sont partis depuis une bonne heure effectuer la mission. Ils ne rentreront pas avant la nuit. J'ai tenté de m'occuper l'esprit avec mes lectures, mais depuis mes récentes découvertes, je n'ai rien trouvé d'autre sur les Ordres des Déchus.

Je me suis dit que peut-être, discuter avec Reaper de ce qu'il voudrait, pourrait le calmer. Je ne suis pas son amie, ni un peu plus que ça, ni sa sœur. Je suis une personne qui n'est pas impliquée, même si Lachlan pense clairement que je le suis. Si nous sommes deux âmes destinées, je suis pire qu'une amie, pire qu'un peu plus que ça. Je suis le tout, et d'un côté ça m'effraie. Je ne le connais pas, et je ne sais pas si j'aime être attirée par un homme qui m'a clairement transformée et protégée. Reaper est très sympathique malgré ses airs durs, malgré sa ressemblance frappante avec son père. Il dégage le respect et une certaine admiration par son dévouement et ses faiblesses qu'il tente à tout prix de garder éloignées du regard des autres.

Mes pas me guident pourtant vers lui. Reaper est torse nu, en short et pied nus, son attention est concentrée sur le sac de boxe accroché au plafond qu'il frappe encore et encore avec rage. Ses traits sont marqués par la colère et son corps est tendu en plus d'être couvert de sueur. Il est… spectaculaire ainsi, très mâle, respirant la virilité.

Une chaleur étrange naît entre mes cuisses, et me fait frissonner.

C'était quoi ça ?

— Je suis désolée que tu te sois fait virer de ta mission, j'interviens pour échapper à mes propres démons.

En entendant ma voix, Reaper s'arrête de frapper. Son visage se tourne d'instinct vers moi, ses yeux bleus me scrutent avec attention. Il laisse échapper un soupir en secouant la tête, des gouttes de sueur s'échappent.

Une part de moi imagine le goût de sa peau sous l'effort et mon ventre se crispe à cette idée. Mon rythme cardiaque s'emballe et mes yeux commencent à loucher sur son torse dénudé, où des muscles en reliefs remuent quand il bouge.

Reaper retire ses gants de protection avec les dents, le son du scratch fait faire des bonds dans ma poitrine. Je n'arrive pas à ne pas l'observer.

Il les jette au sol en me répondant :

— J'ai désobéi, mais je ne pensais pas qu'on me punirait. J'ai déjà fait ça avec mes hommes.

— Mais pas avec une inconnue, je souligne.

Le mâle esquisse un sourire contrarié, mais cachant à peine l'amusement de ma constatation.

— C'est ça.

— Je suis désolée, je répète en m'avançant.

Reaper passe une main dans ses cheveux humides en haussant les épaules, il a l'air plus calme que tout à l'heure.

— Je t'ai embarquée là-bas, c'est ma faute. J'en prends entièrement les responsabilités. Même si je ne pensais pas que mon père soit aussi... strict sur le coup. J'obéis aux ordres et j'obéis aux conséquences.

J'acquiesce à ses propos. C'est un homme de valeur, on ne peut pas dire le contraire. J'observe les lieux, c'est incroyablement bien équipé. Je sais qu'il y avait une salle similaire chez moi, mais je n'y ai jamais mis les pieds. Normalement, les Gouvernements doivent prévoir de quoi loger les Membres de la Garde dans le monde entier. Ici en Russie, on leur a carrément construit une bâtisse à l'écart.

Je remarque les nombreux équipements, mais surtout, d'autres gants de boxe et notre deal me revient en tête.

— Est-ce que je peux me joindre à toi ?

Je me tourne vers lui en souriant, boxer, me battre, me défouler fera sans doute sortir de mon corps cette tension et cette soudaine énergie qui me brûle de l'intérieur.

Reaper se raidit face à ma proposition.

— Je ne crois pas, commence le mâle en s'écartant un peu.

Je me rapproche, comme par esprit de contradiction.

— Pourquoi ?

Reaper inspire difficilement, il me scrute en déclarant sans gêne :

— Parce que je suis tendu et que je n'ai pas envie de faire un faux pas.

— Raison de plus pour te défouler dans ce cas, je souris.

J'attrape l'élastique à mon poignet et noue mes cheveux roux dans un chignon vulgaire, mais efficace. Je retire ensuite mes chaussures, je suis en jean, ce n'est pas ce qu'il a de plus pratique, mais ça fera l'affaire.

Voyant que je ne lâche pas le morceau, Reaper devient de plus en plus tendu.

— Amber, je suis sérieux…

— Je cours vite, et je sais que tu ne me feras pas de mal. Allons boxer ! je renchéris avec assurance.

Je ne lui laisse pas le choix. Un deal est un deal et j'ai envie de me vider l'esprit.

Je pars chercher des gants de boxe à ma taille. Dès que je m'approche de Reaper, le mâle se raidit.

— C'est clairement une mauvaise idée.

— Mais non, ça te fera du bien de t'occuper au lieu de ruminer.

Il me foudroie du regard en jurant, puis il finit par céder. Son corps musclé s'approche du sac de boxe et de moi. Il m'aide à enfiler mes protections en me touchant à peine. Le contact ne dure pas. Reaper s'écarte dès que possible et va se positionner de l'autre côté du sac pour le retenir de mes prochains assauts. Je me positionne, comme je l'ai déjà vu dans les films. Les mains prisonnières de mes gants, je commence à frapper. D'abord doucement, puis de plus en plus vite.

Mon corps tout entier se détend face à la violence de mes gestes, la tension s'échappe et le bien-être me gagne. Je ne pense plus à rien. Et ça fait du bien d'évacuer l'adrénaline, le trop-plein d'énergie et cette chaleur étrange. Je suis concentrée comme jamais, je ne pense plus à rien. Je frappe sous les conseils et le regard de Reaper.

— Frappe plus fort !

Je frappe avec plus de force au moment où Reaper ne retient pas le sac, et ce dernier me revient en pleine figure avant que le vampire n'ait pu le retenir. Je tombe à la renverse comme une feuille morte. Mon dos encaisse le choc sur le tapis, et Reaper se jette à ma rencontre en jurant.

— Bordel de merde ! Ça va ?

Un rire me gagne alors que la douleur s'estompe petit à petit dans mon visage. Dès que j'ouvre les yeux, Reaper est au-dessus de moi, il retire mes gants et m'observe comme si j'étais une pauvre petite chose qui risquait de fondre.

Il se penche vers moi et inspecte d'une main tremblante mon front et mon nez. Je dois être rouge, c'est un peu douloureux, mais ce n'est pas ça qui capte mon attention. Ce sont les doigts du vampire sur ma peau. Un courant électrique me gagne, nouant mon estomac. Ma peau frisonne, mon cœur s'emballe. C'est violent et soudain. L'atmosphère entre nous devient subitement tendue. Reaper me regarde avec méfiance en sentant monter le désir. La chaleur se décuple et lorsque son souffle m'effleure, mon cerveau se déconnecte.

J'ai envie de ces lèvres fermes qui restent closes. Envie de sentir sa respiration contre mon visage, envie d'avoir son corps collé contre le mien, m'écrasant.

Je déconne la seconde d'après. Dictée par une pulsion enivrante, je retire sa main et glisse la mienne autour de sa nuque pour l'attirer contre moi. Reaper est pris de court, avant qu'il ne puisse réagir, sa bouche s'écrase contre la mienne dans un baiser brutal et soudain.

Le choc le gagne et moi aussi, mais très vite, la chaleur et la tension prennent le dessus sur le reste et le mâle succombe. Ses lèvres commencent à danser contre les miennes. Nos langues se cherchent et se dévorent avec envie et rage. C'est brutal, délirant, inédit pour moi. Je n'ai jamais connu un homme aussi passionné. Reaper jure et m'écrase contre le tapis de judo. Mes jambes s'écartent d'elles-mêmes pour lui laisser la place de s'y installer.

Un gémissement m'échappe quand je sens son érection contre mon intimité. Nos vêtements sont une fine barrière à l'excitation. Je remue du bassin contre Reaper qui grogne à son tour. Ses doigts agrippent mes cheveux et me maintiennent contre lui alors que la passion se déchaîne. Mon ventre est en feu, mon souffle est erratique, je perds la notion du temps, plaquée contre le sol, contre ce mâle qui me dévore avec envie. J'ai envie de plus, de plus de contact, plus de proximité. Le désir me ronge de l'intérieur comme jamais. Je ne comprends pas ce qu'il m'arrive et je ne cherche pas à comprendre non plus. On continue de s'embrasser, nos langues jouant ensemble, nos lèvres s'aimant avec possession. L'odeur de sa peau m'envahit, virile, musquée, excitante. Son sexe durcit davantage contre le mien. Mon intimité vibre sous cette sensation, je me demande ce que ça me ferait de le sentir là, entre mes cuisses, remuant et comblant le vide.

Lorsque ma main libre glisse le long de son torse musclé pour atteindre l'élastique de son short, Reaper se fige, et le charme est rompu. C'est comme si le mâle venait d'entendre un signal d'alarme.

Mes yeux s'ouvrent et je croise le regard affolé de Reaper.
Pourquoi tu fais ça ? Pourquoi t'arrêtes-tu ?
— Je… je suis désolé. Je ne peux pas, souffle-t-il contre mes lèvres.
— Pourquoi ? j'ose demander.

Je m'en veux l'instant d'après en me rappelant que dans cette fougue, il y a un monde extérieur.
Je ne veux faire de mal à personne.
— À cause de Lachlan, m'avoue-t-il.

Je secoue la tête. Reaper tente de s'écarter, mais je noue mes jambes, par réflexe, autour de lui. Ses yeux croisent les miens, ils sont suppliants de le laisser tranquille. De ne pas chercher à comprendre pourquoi il a envie de moi, et pourquoi il se retient parce qu'il y a son meilleur ami.

Son « un peu plus que ça » sans doute.

Je suis perdue, mais j'aimerais comprendre. Ils ne sont pas ensemble, ils n'ont pas l'air exclusifs, pourquoi ce soudain revirement de situation.

— Est-ce que tu couches avec d'autres femmes ? Ou seulement lui ? Pourquoi aujourd'hui, Lachlan t'importe.

Reaper se fige face à ma nouvelle question.

— Parce que lui sait me gérer.

Et parce qu'il y a plus, reste en suspens. Ou est-ce moi qui l'imagine ?

Reaper se raidit l'instant d'après, le charme se rompt pour de bon et il me rejette avec force alors que je sens que quelque chose vient de se produire. La tension éclate dans la pièce, violente, comme si une bombe venait d'exploser. Je comprends alors que c'est le cœur de Reaper qui l'a fait s'arrêter, mais le reste, ce qui le hante, lui renvoie la monnaie de sa pièce.

Quelque chose avait envie de ce qu'il se passait, et le mâle est en train de se battre contre. Il titube derrière moi, rampant sur les fesses comme pour m'échapper alors que son visage se crispe de douleur.

Je m'assois, terrifiée et inquiète. Je n'hésite pas à m'excuser.

— Je n'aurais pas dû faire ça, Reaper, je suis désolée. J'étais dans l'action et…

Le mâle se met à trembler, son visage devient rouge, on dirait qu'il souffre. Je suis perdue, je ne comprends pas ce qui a été l'élément déclencheur. Je l'entends marmonner, je n'essaie pas de m'approcher.

— Je suis trop nerveux, trop tendu… je…

Reaper se tait, et tout dérape la seconde d'après. Je n'ai pas le temps de réagir qu'il se jette sur moi.

De nouveau, je me retrouve plaquée contre le tapis d'entraînement de la salle de sport de la bâtisse. Ses yeux sont devenus rouge vif, ses canines sont longues et pointues, prêtes à s'enfoncer dans ma gorge avec violence. Je sens son excitation contre mon intimité et la terreur me gagne pour de bon.

J'ignore comment j'arrive à parler, mais même le son de ma voix m'est inconnu. Je puise dans un courage presque inexistant et pose une main tremblante sur sa joue. Le vampire grogne, je me liquéfie.

— Reaper… tes yeux…

Nous nous regardons et je me demande quand est-ce qu'il va passer à l'action. Plusieurs secondes passent, Reaper se fige. Je ferme les yeux, prête à encaisser ce qu'il me fera... quand l'absence de son poids se fait ressentir.

J'ouvre mes paupières et vois Reaper à l'autre bout de la pièce. Ses pupilles ont repris une couleur normale, il me jette un regard terrifié, par lui, par ce qu'il vient de faire. Nous aurions pu coucher ensemble, je le sais, je l'ai senti, et jusqu'à présent, j'ai aimé chaque instant de cette proximité.

Je tremble toujours, mais j'essaie de trouver les mots pour le calmer.

— Reaper, attends !

Le vampire ne m'écoute pas. Il se lève en titubant, choqué, et disparaît en courant comme pour se fuir.

Comme pour me fuir.

***

Lachlan me dévisage avec rage alors qu'il écoute patiemment ce que je leur raconte à lui et à Hope pour la deuxième fois.

Ses yeux rouges... on ne peut pas changer la couleur de nos yeux à moins d'être la Mort.

Ils sont revenus trois heures après la disparition de Reaper dans la neige, vers une direction inconnue, mais s'enfonçant vers des lieux sombres et inquiétants. J'ai attendu que la Garde rentre pour leur faire part d'un nouveau problème : Reaper sans limites, Reaper qui semblait ne plus rien contrôler.

J'ai pris à part les deux principaux concernés, et depuis dix minutes, nous sommes dans un silence étrange qui me rend mal à l'aise.

J'observe tour à tour les deux vampires. Hope a les traits tirés, ses cheveux sombres sont retenus dans un chignon strict. Ses yeux bleus ne cachent pas ses interrogations. Elle joue avec un briquet dans sa main en respirant difficilement.

Lachlan, lui, c'est une autre histoire. Le mâle est toujours aussi vaillant dans son uniforme de la Garde noir le protégeant du froid qu'il ne ressent presque pas.

Au moment où je m'y attends le moins, le vampire se lève d'un bond et explose.

— C'est ta putain de faute !

Je le regarde, les yeux écarquillés. Je tente de garder mon calme en m'expliquant, mais le ton de ma voix est beaucoup plus contrarié que je ne le voudrais.

— Ma faute ? je rétorque, en quoi est-ce ma faute ?!

Hope tente de le faire rasseoir, mais rien n'y fait, Lachlan veut me rendre responsable de ce qu'il s'est produit.

— Depuis qu'il t'a rencontré, il débloque ! Tu lui as fait quelque chose, votre putain de lien est en train de le bouffer. T'es peut-être son âme sœur par je ne sais quelle connerie, mais il est à moi. C'est moi qu'il a choisi !

Une tension palpable naît dans la petite bibliothèque. Les canines de Lachlan s'allongent, je sens venir le danger à plein nez.

Hope tente de ne pas faire déraper la situation, mais je vois bien que la vampire a du mal.

— Il n'a choisi personne, je murmure, parce qu'il ne veut pas. Il n'y a pas de compétition Lachlan.

Le mâle envoie valser ce qui traîne sur la table, dernier rempart entre la fureur du vampire et moi. Il me massacre du regard. La sœur de Reaper l'attrape par le bras et s'interpose.

— Lach, commence Hope.

— Je lui en mettrais une, putain, si elle n'était pas une pauvre petite humaine fraîchement transformée, je lui ferais pisser le sang ! hurle-t-il.

— Lach ! l'engueule la sœur de Reaper, arrête bordel ! Contrôle-toi ! Qu'est-ce qu'il te prend !

J'entends la colère dans sa voix, mais j'entends plus que ça. Il a mal. Je crois que le vampire a passé de longues années à attendre Reaper, à attendre un signe, une envie de plus de la part du mâle torturé. C'est son meilleur ami, et même nettement plus. Il se sent trahi, il est furieux, l'incompréhension marque son visage. Parfois, j'aimerais lui demander ce qu'il en est réellement entre lui et Reaper, et pourquoi le vampire s'inflige ça.

Parce qu'il l'aime, voilà. Lui il l'aime sans concession et sans peur.

Le mâle s'écarte d'Hope et retourne s'asseoir à sa place en serrant les poings, il me dévisage toujours avec colère.

— Il ne t'a rien dit sur sa destination ? demande sa sœur.

Je secoue la tête. Non, il a décampé. Reaper a compris ce qu'il venait de faire et il est parti comme un fou, comme pour fuir la peste.

Le silence s'installe, accompagné par une tension intense qui n'a pas cessé de tourmenter l'organe dans ma poitrine.

— Je pense savoir où il est, finit par déclarer le mâle furieux.

Hope l'observe quelques instants en essayant de deviner ce qui lui traverse l'esprit. Les deux se dévisagent en tentant de se transmettre l'info sans que je ne l'apprenne à mon tour.

Je refoule ma contrariété face à cette conversation qui me met à l'écart.

— Je vois, lance-t-elle au bout de plusieurs minutes, dirons-nous que c'est peut-être une bonne idée.

Elle détache son chignon en soupirant.

— Il reviendra, conclut Lachlan à mon égard.

Mais où est-il parti ? Pourquoi ça ne les inquiète pas tant que ça ?

Reaper commence à perdre l'esprit et personne ne se bouge pour aller le retrouver. Cette crise, celle qui nous a amenés à nous rapprocher est bien le signe que quelque chose ne va plus chez lui. Il semblait choqué.

Le vampire s'approche de moi avec un air menaçant, par réflexe, je recule de quelques pas, jusqu'à rencontrer l'étagère remplie de livres de la bibliothèque. Cette dernière n'a jamais dû servir, et tous les ouvrages sont en Russe.

Mon regard clair croise celui de Lachlan qui m'affronte durement. Sa voix est tranchante. Mon rythme cardiaque s'emballe.

— Il est mien, je ne te laisserai pas foutre la merde entre nous pour ton beau cul et ta petite chatte. J'espère que t'as aimé ce qu'il t'a fait, parce que c'était la dernière fois qu'il posait les mains sur toi. Je vais m'en assurer.

J'entends Hope montrer un signe de surprise face à la révélation de son ami. J'ai cru comprendre que l'histoire de Lachlan et de Reaper était connue, mais pas officiellement... assumée. Comme une love story de gamins qui passerait avec l'âge. Au cours des trois derniers mois, je ne les ai pas vus une seule fois afficher une marque d'affection publique.

— La jalousie t'étouffe à ce point pour ne pas voir où est le véritable problème, je souffle en tremblant.

Ma réponse lui fait perdre son calme. Son poing se fracasse dans les étagères derrière moi, faisant tomber plusieurs livres dans un fracas assourdissant. Hope se lève d'un bond pour intervenir en hurlant sur Lachlan.

— Ça suffit bordel !

Mais le vampire ne l'écoute pas. Il me scrute d'un regard fou de rage en lançant sèchement :

— Tu vas me dire qu'il t'a violée ?!

Je secoue la tête, et prends mon courage à deux mains pour poser une paume sur sa poitrine musclée et le faire reculer. À mon contact, le mâle frissonne et s'écarte presque instinctivement, comme si je le dégoûtais. Je refoule le pincement dans mon thorax et justifie sa réaction par sa jalousie et sa douleur de savoir que Reaper a agi de la sorte.

— Non... je le voulais moi aussi. Mais le problème, c'est qu'il n'avait pas l'air dans son état normal, c'est comme si, il était possédé.

Le vampire encaisse ce qu'il entend. Il jette un regard mauvais à Hope, cette dernière lève les yeux au ciel, exaspérée de le voir se comporter de la sorte. Elle ne tente même pas de le calmer ou de le retenir.

— Je ne veux plus l'avoir sous les yeux.

Lachlan se retourne brusquement et quitte la bibliothèque d'un pas décidé en me maudissant ouvertement d'être une salope tentatrice. Je soupire, j'espère seulement que le mâle, une fois calmé, comprendra l'étendue du problème. Avec Reaper dans la salle d'entraînement, c'était du désir brut et incontrôlé, c'était voulu, j'en avais envie et je crois que le fils Creaving aussi. Mais j'ai également compris que derrière l'attirance du lien qui nous unit, se cachaient de sérieux problèmes. Reaper Creaving est en train de devenir fou, et je crois bien que tout le monde sait qu'il n'y aura pas de retour en arrière. S'il s'attaque à ses proches, quelle sera la prochaine étape ?

Chapitre 11

Reaper

Quelques heures plus tard.
Les Enfers.

J'attends patiemment dans le salon des ailes privées de la citadelle. Je suis nerveux, mais bien moins qu'il y a plusieurs heures. J'attends comme un idiot que mon grand-père décide de se montrer. Cet enfoiré me fait patienter, comme d'habitude. Ce n'est jamais urgent avec lui.

Ses serviteurs sont venus m'apporter de quoi me désaltérer, mais plutôt crever de soif que de tremper les lèvres dans ce sang. J'ignore de qui il provient. Je ne me nourris que de poches, la nouvelle fonction établie depuis quinze ans par mes parents. Les humains ont le droit de donner leur sang en échange d'une petite somme d'argent pour arrondir leur fin de mois. Ce système est méga contrôlé et pratique pour les vampires qui n'ont pas envie d'avoir quelqu'un d'attitré.

Je n'arrête pas de penser à ce qu'il aurait pu se passer tout à l'heure dans la salle d'entraînement avec Amber. J'ai perdu mon sang froid, je savais ce que je faisais mais je n'arrivais pas à me contrôler. C'est flippant. Je deviens inquiétant, je n'arrive plus à gérer mes pulsions, mes accès de colère. Qu'est-ce que j'aurais pu lui faire ? La frapper ? La violer ? Bordel de merde, l'idée me retourne l'estomac.

— Reaper ? lance une voix familière.

Je sors de mes pensées en voyant ma tante franchir la porte du salon. Deaths Creaving est superbe, toujours élégante avec ses robes qui viennent d'un autre temps. Ses cheveux noirs ondulés tombent en cascade sur ses épaules, elle ressemble autant à ma mère qu'à ma sœur. Parfois, c'en est troublant.

Je me lève à sa rencontre.

— Deaths.

Elle me prend dans ses bras pour me saluer. Je la serre lentement. Elle fait aussi jeune que moi, il n'y a que sa cicatrice autour du cou qui trahit son état. Elle est morte, quand je suis en vie. L'un des points en commun que nous avons, c'est que nous sommes tous les deux prisonniers d'une malédiction.

— Que fais-tu ici ? m'interroge Deaths d'un sourire.

Je soupire en montrant d'un signe de tête, la porte donnant sur les appartements privés de son père.

— J'ai besoin de lui parler.

Sa main presse la mienne comme pour m'apporter son soutien.

— Comment vas-tu ?

Elle m'observe un instant en attendant ma réponse. Ses yeux bleus se froncent. J'ignore la tête que je dois afficher, mais l'expression sur mon visage ne doit pas être rassurante.

— Mal, je jure.

La vampire s'apprête à me demander pourquoi, quand d'autres pas résonnent derrière elle, suivis d'une voix masculine également familière qui me fige.

Je ne m'attendais pas à le croiser ici.

— Deaths, où es-tu ?

Louis apparaît dans le salon à son tour, il termine de nouer sa cravate autour de son cou, l'air de rien. Il se poste aux côtés de Deaths, une main sur ses hanches.

— Ah Reap, comment vas-tu mon grand ?

Louis m'observe avec chaleur. Le vampire a tellement changé d'après ma mère. Une fois qu'il est devenu père, il s'est calmé. Il reste cet homme assez froid en affaire, mais dans l'intimité, il s'est adouci. Ma tante ne se cache pas en ma présence. Je les ai surpris une fois, j'avais déjà eu vent de leur histoire grâce à Lachlan. Alors, on a passé un deal silencieux. Ils gardent mon secret et je garde le leur. Même si depuis trente ans, des rumeurs se sont répendues dans les dimensions. Tout le monde sait, mais personne ne veut le reconnaître. Vive la haute société.

— Bien.

Mensonge. C'est la merde, côté perso, côté pro. Mais si j'ai confiance en Deaths pour taire cette information, je sais que Louis ira en informer mes parents surprotecteurs.

— Et comment va mon fils ? poursuit Louis.

— Il va bien aussi, on a pas mal de boulot comme tu le sais.

Concernant le reste, c'est aussi sympathique que mon état. On se déchire silencieusement. Chacun voulant quelque chose que l'autre ne peut pas lui donner.

Nous échangeons un long regard, ça n'a jamais dérangé le français que son fils adoptif préfère les queues. Le seul problème, c'est que la queue en question est la mienne. Louis sait un paquet de choses à mon sujet, et comme un père, il veut protéger son fils.

On est pareils.

— Au fait, ton paternel aimerait que la Garde passe du temps à New York pour les cinquante ans de la prise de pouvoir des vampires, m'annonce Louis, en rompant le silence.

Je fronce les sourcils en croisant les bras. C'est une blague ?

Louis laisse échapper un rire froid. Deaths se laisse aller contre lui en retenant un rictus, nous nous sommes tous compris.

— Ouais, la majorité tient à ce que nous le fêtions, je te laisse imaginer la réaction de ton père.

J'imagine très bien.

— J'espère que tu seras de retour pour le débrief de la Garde sur la mission dans la bâtisse, poursuit Louis en faisant signe à Deaths qu'il va s'en aller.

Ma tante se raidit, j'ai cru comprendre qu'ils ne se voyaient pas beaucoup. Je compatis, c'est étrange d'aimer quelqu'un dans une situation compliquée.

— On verra, je jure.

Louis m'offre un regard correcteur.

— Tu es le chef.
— J'ai été écarté.

Louis se met à rire.

— Tu sais pourquoi. Ne joue pas au con. Sois là.

Ceci n'est pas un conseil, c'est un ordre.

Connard de français.

Louis me salue la seconde d'après, d'une poigne ferme qui ne trahit pas ce qu'il pense. Je me demande comment il me voit, comme le gamin colérique qui ne supporte pas d'être corrigé ou l'autorité d'un chef qui ne veut pas être contesté. On me remet sans cesse en question, sur mon rôle en tant que chef, en tant que fils... en tant que compagnon.

Louis quitte le salon, me laissant seul avec ma tante. Visiblement, les adieux ont déjà eu lieu.

— Prends soin de lui, murmure Deaths en m'étreignant.

Deaths n'a jamais été véritablement une mère pour Lachlan, mon meilleur ami ne l'a rencontrée que quelques fois, mais ils ont toujours entretenu une relation épistolaire qui a forgé des sentiments très forts.

— Je tente de faire au mieux.

La vampire caresse ma joue râpeuse, elle me fait penser à ma mère. Elle me manque ces derniers temps. La mission que nous devons résoudre me tient éloigné d'elle, de ses conseils avisés. Elle n'a peut-être pas toutes les réponses à mes maux, mais c'est la personne la plus calme de mon existence.

— Un jour tu auras le courage de plus que ça, Reap, et tu n'auras pas plus peur de ce que pourront penser les autres.

— Je...

Bordel, je suis aussi simple à comprendre ?

— Passe voir ta mère quand tu auras un peu de temps, tu lui manques beaucoup, surtout en sachant que tu ne vas pas bien. C'est ta mère.

J'acquiesce, avant d'embrasser sa joue pour la saluer. Deaths quitte le salon pour raccompagner Louis, elle m'y laisse seul, attendant encore que mon grand-père décide de se montrer.

D'un côté, je suis soulagé de devoir l'attendre, ça m'évite de remonter sur Terre, j'apprécie le calme des voix, et du reste.

Parce que bientôt, ce lieu sera comme chez moi.
Putain de destinée.

***

— Une âme sœur ? se moque Mortem en terminant son verre d'un trait.

Je le foudroie du regard, mon grand-père ne m'accorde pas le sien, il est trop occupé à voir les petits volcans en fusion de son balcon.

Il a fini par se pointer deux heures après, accompagné de deux démones. Deux putains d'esclaves qu'il baise. Je n'ai pas soulevé, mais je n'ose imaginer ce que Papa penserait de tout ça.

— Arrête, je lance, bordel écoute moi.

La Mort se tourne vers moi en prenant un air nonchalant. Comme si mes emmerdes n'en étaient pas.

— Est-ce que c'est possible ?

— Évidemment, c'est même pratique pour toi !

Je lève les yeux au ciel, pitié, je ne pensais pas qu'il allait être de ce camp-là. Depuis des années, avec ma malédiction, il me dit d'en profiter, de ne pas me soucier de la prophétie. Il a toujours été très dur à ce niveau, me considérant comme condamné. Avec la mort de ma mère, la fin de sa descendance prophétique s'est éteinte, ce qui n'a pas amélioré son entente avec mon père. Nous pensions tous qu'il avait fait le deuil, apparemment, ce n'est pas le cas.

— Tu vas pouvoir plus facilement remplir ton rôle.

— Je n'en veux pas de cette putain de prophétie ! je jure.

— Tu n'as pas le choix, me corrige Mortem avec sarcasme.

— Je n'aurai jamais d'enfants.

Il me jette un regard agacé. La colère naît au fond de moi. Pourquoi un de mes rares alliés se retourne contre moi ?

Parce que c'est un putain d'opportuniste et par intérêt, comme toujours.

— Arrête tes conneries. Tu vas finir par succomber à son charme, la baiser, lui foutre un môme dans le bide et quand ton chiard sera né, tu seras aussi stupide que ton père et tu lui en feras un autre, et puis, et encore un autre. Dans mille ans, tes gamins auront chacun eut leur descendance et la prophétie se sera réalisée. C'est ainsi, c'est comme ça, tu ne peux pas lutter, Reaper. Autant que tu le fasses avec quelqu'un que tu aimes.

Sa déclaration éveille en moi une myriade de sentiments inquiétants. Je n'arrive pas à croire ce que j'entends. Mortem se comporte comme le dernier des enfoirés, égoïste. Il tente de me manipuler en me faisant croire que c'est ce que je veux, mais non, je n'agirai pas ainsi. Ce n'est pas parce que j'ai failli succomber à une pulsion malsaine que je dois le faire pour de bon. Je ne suis pas comme ça.

Mon grand-père ne cherche pas à comprendre que son petit joyau est en train de devenir fou, lui ne voit que le côté positif : dingue, je cesserai de me poser des questions. Sous l'emprise de ma malédiction, j'irai tirer des coups à droite à gauche pour foutre en cloque des humaines.

Putain de destinée.

Je le comprends en une minute. Il se fout de ma gueule depuis un moment.

— Ou apprécie, nous savons tous les deux que de ce côté-là, c'est déjà compliqué, se moque-t-il.

Il est au courant pour mon étrange relation avec Lachlan et il en joue aujourd'hui.

C'est un coup bas cette remarque.

— Tu sais très bien...

— Oui, le fils adoptif de ma fille, me coupe-t-il. Eh bien, rien ne t'empêche de t'unir à cette humaine, et de continuer de te taper le fils du messager. Depuis quand tu veux être fidèle à une seule et unique personne ? Et même si tu voulais, tu ne pourrais pas.

— C'est une vampire, j'annonce.

Mortem se fige, il se tourne brusquement, comme si je l'avais frappé.

Moi aussi, je sais encore le surprendre.

— Elle est quoi ? s'insurge mon grand-père.

— C'est une vampire.

Il se décompose. L'atmosphère dans la pièce devient de plus en plus tendue.

— Bordel, trouve-t'en une autre ! C'est une humaine avec qui tu dois procréer.

— Elle était humaine… avant.

On s'affronte du regard pendant un moment, je sais qu'il lit dans mes pensées pour savoir pourquoi j'ai annoncé cette information de la sorte.

Lorsqu'il comprend, il affiche un air contrarié.

— Mais pourquoi as-tu fait ça ?

Je soupire.

— Parce que je perds la tête et tu le sais ! Mais tu t'en contrefous !

La malédiction mêlée à la destinée. Mortem ne le voit pas de la même façon. Il est persuadé que ce sera le renouveau de notre monde. Que cette nouvelle Race sera « positive ». Je ne le vois pas ainsi. Même sans mes problèmes de sang, je ne l'aurais pas fait.

— Ça marche aussi avec une vampire. Les gênes se transmettent, se sera seulement plus long, se contente-t-il de répondre.

— Tu ne veux pas comprendre ! je le fustige.

Il hausse les épaules en prenant un air désagréable et ironique. Je le dévisage, lui, ses cheveux grisonnants, son bouc taillé à la perfection et ses yeux changent de couleur.

Je ne veux pas devenir comme lui.

Je reste maître de mes émotions quelques secondes encore pour lui parler d'un problème, qui je sais ne trouvera pas non plus de réponses, mais au moins, j'aurai essayé.

— Est-ce que tu aurais entendu parler d'un Ordre des Déchus récemment ?

Mortem secoue la tête.

— Non, ils se tiennent tous à carreau en enfers depuis que les Démons ont perdu la grande Guerre. Personne ne tenterait une rébellion ici. J'y veille et cet enfoiré de Spectre aussi.

Très bien.

Je me lève de mon fauteuil, pose sur la table mon verre rempli de sang que je n'ai pas touché, et quitte la pièce. J'en ai assez. J'ai passé ma journée à l'attendre pour un sermon.

C'est du foutage de gueule.

— Je te remercie de ton aide inutile, je déclare sèchement.

— De rien, fiston. Reviens quand tu veux. Bientôt, nous serons colocataires !

Je ne cherche même pas à répondre. Je me demande pourquoi je suis venu, si ce n'est pour seulement me calmer. Là où le mal règne, le mien s'apaise.

Si je m'attendais à recevoir des conseils, j'avais tort. Maintenant que j'ai révélé à mon grand-père avoir trouvé une femme pouvant être mon âme sœur, il ne va pas me lâcher, jusqu'à ce que j'obtienne un enfant.

Putain de prophétie.

***

J'attends que les portes épaisses de la citadelle se ferment derrière moi pour montrer un signe de faiblesse. Je savais que courir aux Enfers me permettrait de me calmer, ce lieu est aussi diabolique que je suis en train de le devenir et étrangement, quitter la terre pour la chaleur de la mort, apaise mes maux. Ma tension est redescendue immédiatement une fois le portail des dimensions franchi, j'ai cessé de vouloir m'en prendre à la vampire, mon rythme cardiaque s'est régulé, les voix dans ma tête ont cessé.

Parler avec mon grand-père n'a rien arrangé. Mortem est au courant de nombreux de mes secrets, cet enfoiré devine toujours tout. Depuis des années, il sait pour Lachlan et moi, il s'en amuse. Il trouve ça plutôt divertissant.

Je ferme les yeux pour essayant de réfléchir au mieux. Je vais devoir remonter sur terre et affronter le reste. J'irai voir Amber pour m'excuser, c'est la priorité, ensuite, je verrai ce que la Garde a trouvé. En espérant que leur fouille leur ait permis de tomber sur des indices précieux si cette maison était un ancien QG.

Lorsque je les ouvre à nouveau, je me raidis. La rousse de mes songes est face à moi. Elle est apparue d'un claquement de doigts, je ne l'ai pas sentie arriver.

Ses yeux rouges me scrutent avec attention. Une tension étrange naît entre nous alors que nous nous affrontons du regard. Elle dégage du danger... et plus que ça. Un certain défi.

Je me remémore ce que j'ai vu dans cette forêt enneigée.

— Tu n'es pas n'importe qui, je lance. Tu appartiens à ce fameux Ordre des Déchus.

Elle me sourit en s'approchant de quelques pas. Sa démarche est féline.

— Non, tout comme toi. Il y a des tas de choses que nous partageons Reaper, plus que tu ne le penses. Mais ça, tu découvriras bien assez tôt le pourquoi.

Je saisis sa main brusquement. Elle se raidit, un élan de contrariété vient marquer ses traits féminins.

— Qui es-tu réellement bordel ?! je m'emporte. Est-ce que tu diriges cet Ordre des Déchus ?! A quoi tu joues ! Qu'est-ce que tu veux !

Je la secoue, ça l'amuse, elle en rit. Je vois deux canines s'allonger, la tension augmente chez moi. Je vais perdre mon calme et devenir violent, je le sens.

— C'est là que nos chemins vont se croiser Reaper, lâche-t-elle. Je suis dans l'ombre et tu vas la rejoindre dans très peu de temps. Je ressens un immense plaisir concernant notre prochaine rencontre. Je suis ton passé, et ton avenir. Mais tu n'en as pas encore conscience, eux non plus.

— Qui es-tu ?! je répète, frustré et agacé de la voir jouer.

La belle rousse se libère d'un geste fluide. Je ne tente pas de la rattraper, elle m'a l'air aussi maligne qu'un chat.

— Bientôt tu le sauras. N'oublie pas que les Enfers regorgent de lieux secrets où il n'existe aucune juridiction. Seuls les plus forts y vivent. Les Régions interdites sont de parfaits endroits pour trouver ce qui ne doit pas être découvert. Soit malin, soit courageux.

Elle me sourit en reculant dans la pénombre, mon regard reste rivé dans le vide. Une sensation de picotements me gagne, comme lorsque j'ai approché la maison en Russie pour la première fois.

C'est mon instinct, celui que j'ai toujours écouté, celui qui ne m'a jamais dupé.

Je me tourne sur la vue qu'offre la colline de la Citadelle, d'où on peut apercevoir les régions Interdites. Est-ce que la rousse m'a donné un précieux indice ? Est-elle réelle ? Est-ce qu'elle est impliquée pour de vrai dans les enlèvements et les massacres des dirigeants vampires ? Pourquoi m'apparaît-elle comme ça ?

Je jure, si c'est ma tête qui l'imagine, alors je ne vais bientôt plus être capable de rien.

Si cette femme me dit d'aller jeter un coup d'œil là-bas, je vais y aller. Je n'ai plus rien à perdre, même si c'est un piège, je suis condamné. C'est mon combat, et les autres n'ont pas besoin de savoir que je débloque au point d'avoir sûrement créé un double immatériel, synonyme de mon état d'esprit malade en plein délire.

Si mon instinct dit que je dois aller là-bas, alors je dois le faire. Qu'importe qu'une hallucination me l'ait conseillé, je dois terminer cette mission avant de m'exiler ici définitivement.

Chapitre 12

Reaper

J'inspecte le matériel que nous allons emporter d'ici quelques heures. Volker et Egon sont en train de préparer les éléments qui nous permettront de revenir sur terre à n'importe quel moment sans utiliser la faille.

J'ignore ce que nous allons trouver dans les Régions Interdites, mais mon instinct me dit que ce ne sera pas rien. Les autres m'ont écouté attentivement, ne cherchant pas à savoir comment j'ai eu l'idée du lieu potentiel où notre Ordre des Déchus demeure en Enfer.

C'est une ombre qui me l'a dit. Une ombre réelle sortie de mes songes. Une ombre qui me ressemble, mais dont j'ignore tout.

Nous découvrirons bien assez tôt la vérité sur ces mystères. Je soupçonne qu'un démon soit à l'origine de tout ça. Plus j'y pense, plus je crois que leur défaite lors de la Grande Guerre les a affaiblis et humiliés, ils veulent se venger.

J'ai pris la décision de ne pas informer le conseil, après tout, c'est ma mission, mon enquête, ma Garde. Mon père a pris la décision de me tenir éloigné lors de la fouille de l'ancien QG de l'Ordre, je vais faire de même pour cette virée en enfer : les foutre à l'écart.

Je suis rancunier ? Juste un peu.

Je veux prouver que je suis capable de le faire. Même si mon idée peut s'avérer être foireuse et dangereuse pour rien. On va prendre nos précautions pour éviter que ce soit un piège. Egon et Daemon connaissent très bien les Régions Interdites. Plus que moi. Ils y ont effectué des missions de reconnaissance durant leur entraînement. Ils savent où sont les zones à aller inspecter en premier.

Je suis nerveux, Lachlan aussi. Avec ce qui nous est arrivé il y a quelques années là-bas, lors d'un affrontement avec des insurgés Démons, j'ai du mal à ne pas y penser.

Les groupes ont été dissous et exécutés par les servants de la mort. Mortem est censé surveiller tout acte de rébellion, mais suite à notre récente conversation, je commence à croire que ce n'est pas le cas.

La Mort aime le divertissement, certainement pas le calme et la paix.

Je jure en perdant le compte des munitions. Je sépare de nouveau les chargeurs avant de recommencer.

— Reaper ?

Je me fige en entendant la voix de mon meilleur ami. Nous ne nous sommes pas croisés depuis que je suis rentré pour organiser notre débrief. Pourtant, j'ai senti une tension entre nous. Hope m'a suggéré de discuter avec lui et j'ai compris que quelqu'un avait été bavarde en mon absence. Amber a donc parlé de notre petit dérapage.

Quel monstre je deviens.

Je lui jette un coup d'œil, le mâle est en tenue. L'uniforme de la Garde met en valeur ses muscles saillants. Ses cheveux blonds sont coiffés en arrière et ses yeux verts me scrutent avec attention.

— Est-ce que tu vas bien ? demande Lach en se tenant contre la porte.

Non.

J'hésite une seconde à mentir, avant de me raviser. Je me laisse aller sur la chaise derrière moi en soupirant. Un sentiment étrange s'empare de nous. Il me file des frissons. Je n'aime pas ce malaise.

Je secoue la tête en avouant la vérité :

— Je deviens fou. Elle te l'a dit ?

— Oui.

L'organe dans ma poitrine se serre. On a toujours fonctionné étrangement de ce côté-là. On ne se cache rien, on partage la plupart du temps une femme. Et quand on s'envoyait en l'air sans l'autre, on était honnête. Nous sommes meilleurs amis avant tout. Pas engagés.

Parce que tu ne veux pas, Reap.

Mais avec Amber, avec cette suspicion d'âmes sœurs, les choses sont différentes.

— Je suis désolé.

— Tu en avais envie ? me questionne Lach avec calme.

Je frissonne. Des bribes de souvenirs me reviennent à l'esprit. C'est flou. Je comprends maintenant ces crises dont on me parlait. Celles qui annihilent l'esprit, on sait qu'on a merdé, mais on ne se rappelle plus comment. Je l'ai touchée, je crois même qu'on s'est embrassés. J'allais la prendre, j'en avais envie, elle était haletante sous moi, je sentais son excitation.

Et ma raison m'a arrêté. Une seconde fois. J'ignore comment elle a pris le dessus sur ce désir, mais elle l'a fait, et j'en suis soulagé.

— C'était une pulsion, j'avoue. Ça m'a possédé en quelques minutes, je n'ai rien pu faire. Je voulais me montrer cordial avec elle après ce que je lui avais fait. Et puis j'ai dérapé.

— OK.

Le vampire tente de ne pas montrer que ça le touche, mais je le sens. C'est un mix entre la jalousie et l'inquiétude.

— Je suis désolé, je répète.

— Tu ne lui as rien fait, Reap, je n'ai pas à t'en vouloir.

Pourtant sa voix affirme le contraire. Je soutiens son regard, Lachlan reste crispé contre la porte, hésitant, ne sachant pas trop comment m'aborder.

Mon cœur bat à toute allure lorsque je confie, les mains tremblantes :

— Lach, si je ne te choisis pas, je ne choisis personne d'autre.

L'étonnement se lit sur son visage. Je l'ai dit. J'ai mis des mots sur ce qui planait autour de nous. C'est bien la première fois de ma vie que je mentionne l'engagement.

— Reap…

Si je ne peux pas être avec toi, alors je ne veux être avec personne.

Mon meilleur ami rompt les derniers pas qui nous séparent et vient à ma rencontre. Je me lève de ma chaise pour le prendre dans mes bras. Mais Lachlan n'a pas besoin de réconfort, c'est moi.

Le second me serre de toutes ses forces en comprenant tout ce qu'implique cette perte de contrôle et ma fuite aux enfers pour me calmer.

Son odeur masculine envahit mes sens, je ferme les yeux en encaissant la douleur dans ma poitrine.

Ça fait si mal de ne pas savoir quoi faire, de le rejeter encore et toujours, dans l'unique but de le protéger.

— Je ne te lâche pas, tu le sais, murmure-t-il à mon oreille, ce qu'il s'est passé, était un accident, et Amber ne t'en veux pas.

— Je ne veux pas devenir comme eux.

Comme ces créatures sans humanité, comme mon grand-père. Je veux me battre, mais j'ai l'impression que le combat est toujours plus rude au fur et à mesure des jours qui passent. Tout est allé tellement vite, je n'étais pas préparé à autant de changement.

— Je sais, lance-t-il.

Lachlan s'écarte pour me dévisager. Ses mains froides saisissent mon visage mal rasé, mes canines s'allongent d'elles-mêmes. Je plonge mon regard dans le sien, vert, j'observe cet homme charismatique et bon. Lach est mon contraire, mais d'une certaine façon, nous nous ressemblons.

— Dis-moi oui. Je t'en prie, laisse-moi t'aider, me supplie-t-il désespérément.

La demande de la dernière chance.

Je secoue la tête. L'ambiance dans la pièce devient plus tendue, il y a des échos de douleur qui planent autour de nous.

— Plutôt devenir fou que de t'embarquer dans cette folie. Mais promets-moi une chose. Promets-moi que si je commence à devenir violent, à m'en prendre aux êtres qui me sont chers, tu régleras le problème.

Lachlan se raidit. Le choc de ma demande le frappe de plein fouet. Non je n'ai pas perdu l'esprit de ce côté-là.

— Je...

Je le fais taire en l'embrassant. Il n'a pas besoin de répondre tout de suite, parce que je connais déjà sa réponse. Je sais de quoi le mâle est capable pour ceux qu'il aime. De tout. Si je lui demande de m'achever pour ne mettre personne en danger, il le fera, même si ça le tuera après.

Le vampire se met à trembler, le contact de nos deux bouches me file des frissons, un sentiment intense naît au creux de mon ventre.

Je ferme les yeux, sa main glisse jusqu'à ma nuque qu'il presse alors que nos langues entrent en duel.

Des flashs envahissent mon esprit, les mains de Lach glissent vers la ceinture de mon jean pour la défaire. Une rousse rit dans la pénombre, elle chuchote, elle se met à chanter. Je la sens derrière moi. Un souffle vient chatouiller mon oreille. Je me raidis alors que Lach continue de m'embrasser, ne se rendant compte de rien. Désirant faire ce que nous avons toujours fait lorsque nous sommes seuls après une séparation.

Mais la rousse continue son emprise, je sens une griffure dans ma nuque, comme si quelqu'un laisser traîner ses crocs.

Mon cœur s'emballe et ma queue se raidit. Lach étouffe un juron en me sentant.

Tu m'appartiens, Reaper. Tu ne seras jamais à personne.

Lorsque la main de mon amant frôle mon entrejambe, je m'écarte d'un bond, le souffle court. Je cligne des yeux plusieurs fois, mais je ne rêve pas. La rousse est juste derrière Lach, elle fait mine de le toucher, riant. Nos regards se croisent, le sien, rouge, n'inspire que la crainte.

— *Tu n'es qu'à moi Reaper*, répète-t-elle, *et bientôt, je te le prouverai.*

Sa main vient faire un geste des plus explicites sous sa gorge. Montrant la mort tournant autour de Lachlan.

Je reste stoïque, elle se met à rire, mais il n'y a que moi qui l'entends. Je me mets à trembler, pris d'une crise étrange où mon corps ne me répond plus.

Qu'est-ce qu'elle me fait ?
Elle rit toujours quand mon amant intervient.
— Reap ?
Le vampire s'approche de moi doucement en analysant mes réactions. Je suffoque, je me mets à tituber, ça tourne.
Qu'est-ce qu'elle m'a fait ?!
Mon meilleur ami m'aide à m'asseoir sur la chaise de la salle d'armes. On reste un moment silencieux, son soutien n'est que physique. Sa main dans la mienne dégage une chaleur réconfortante.

Lorsque je me sens mieux, je croise son regard interrogateur.

— Lach, il faut que je te dise quelque chose, j'avoue.

Il s'installe contre la table de bois. Il a l'air épuisé et perdu.

Bienvenue au club, mon pote.
— Je t'écoute.
— J'ai toujours parlé avec Volker de mes symptômes mais je ne lui ai pas tout dit.

Depuis notre départ d'Écosse, le jeune demi-vampire me croise tous les jours, il me pose les mêmes questions, affiche un air contrarié avant de partir en me remerciant d'avoir été honnête pour aller faire un rapport à mes parents.

Concernant la belle rousse ? Je ne l'ai évoquée qu'une seule fois. Préférant taire cette information quand les choses se sont compliquées.

— Raconte-moi, poursuit Lach avec calme.

Je lâche sa main en me levant. Je sens son regard sur moi, protecteur, méfiant. Quelque chose brûle sous ma peau depuis que l'inconnue m'a griffé la nuque. Sans réfléchir, je touche la blessure du bout des doigts, elle existe bien.

Elle est vraie.

Mais comment peut-on faire ça ?
— Il y a cette femme, je déclare pour rompre le silence.

Lach inspire plus vite, la même tension qu'à son arrivée reprend de l'importance entre nous, faisant disparaître les effluves de sexe et de réconfort.

Je scrute la nuit à travers la fenêtre, il neige encore. Je ne suis pas habitué à en voir aussi souvent. C'est autant beau que flippant.

— Je ne sais pas si elle est réelle, je poursuis, si c'est mon esprit qui l'invente, mais j'ai vu des choses en sa présence. Elle fait si vrai. Elle ne m'apparaissait que la nuit au début, puis, petit à petit, elle s'est imposée. Hier, je l'ai croisée chez Mortem, c'est elle qui m'a donné l'information pour les Régions Interdites.

— Tu connais son identité ? m'interroge Lachlan derrière moi.

Je secoue la tête. Si seulement, je savais.

Mon second ne tente même pas de cacher son inquiétude, elle est palpable.

— Non, elle est inconnue, mais je pense qu'elle a un lien avec notre mission. Elle m'est apparue quand tout a débuté.

J'entends Lach se lever, il s'approche de moi et vient se glisser contre mon dos. Je me laisse aller. Je crois que j'en ai besoin. Je lutte déjà contre moi-même, alors ce soir, je n'ai plus la force de lutter contre notre nous. Son contact me fait du bien.

— Je dois terminer cette mission, retrouver les dirigeants, pour ensuite rendre les armes et partir en Enfer, en espérant découvrir qui est cette femme, je conclus.

— On va devenir comme mes parents, soupire-t-il.

Je ferme les yeux en acquiesçant. Quoi qu'on soit, bientôt, nous n'aurons plus que de brèves rencontres. Nous allons être séparés par ma folie. Lui sur terre, moi en enfer.

— Ils sont plus chanceux que nous, renchérit Lach.

Je continue d'observer la neige qui tombe, recouvrant nos traces. D'ici quelques heures, nous serons dans la chaleur du monde souterrain, dans une zone où n'importe qui voudra nous tuer pour des raisons politiques ou par simple vengeance.

J'aimerais comprendre comment la femme arrive à établir cette connexion entre nous et quelles sont les véritables raisons de l'Ordre des Déchus pour enlever des dirigeants en commettant des massacres.

— Et Amber ?

La question de Lachlan me raidit, pourtant, la réponse est toute faite.

— Si sa mère est toujours en vie, elle prendra soin d'elle. Nos chemins se rencontrent, mais ils ne deviendront pas unique, je déclare.

Je me retourne pour lui faire face. Lachlan semble soulagé. Une « bonne nouvelle » parmi toutes celles affreuses.

— Je veux que tu prennes la direction de la Garde, Daemon est un bon soldat, mais il n'a pas la patience pour être un leader. Je sais que nos deux pères accepteront. Ne laisse pas ce corps d'élite sombrer après mon départ.

— Je le ferai.

J'embrasse chastement le coin de sa bouche, soulagé d'avoir évoqué certains sujets. L'ambiance entre nous ne cache pas la douleur de la réalité. Plus rien ne sera comme avant.

Nos chemins se sépareront bientôt également.

Et ça fait mal.

— Merci.

Je m'écarte de lui, le sexe attendra plus tard, on a à faire avant le matin. Lachlan me suit et se met au travail.

— Maintenant, parle-moi plus en détail de cette femme, me relance le mâle en rangeant les flingues déjà assemblés.

Je l'observe durant un moment, essayant de voir s'il est sérieux. Lach l'est. Alors, en terminant de vérifier notre matériel, je lui raconte toute l'histoire. Celle qui a commencé à notre arrivée en Écosse.

***

Les Enfers.

Nous sommes arrivés il y a une demi-heure, depuis, nous marchons lentement et sûrement dans cette zone aride des Enfers où règne un danger constant. Tous les déchus, les maudits, les bannis et les criminels viennent se perdre ici pour échapper à la justice.

Amber est restée dans la maison protégée, je ne voulais pas prendre le risque de l'emmener ici. Une seule sanction de mon paternel m'a suffi.

Nous gagnons enfin les montagnes, là où des grottes et des souterrains sont creusés. Il y a la prison des Enfers à quelques lieues. Mortem y enferme tous les traîtres qu'il juge selon ses propres règles, quand ces derniers n'ont pas la chance de finir dans le Styx.

On s'arrête, la Garde, armée jusqu'aux dents analyse la situation. On vérifie qu'il n'y a personne aux alentours avant de faire notre débrief. La chaleur est étouffante. J'essuie mon front, je vais devoir m'habituer à cet air pesant.

— OK les gars, on va commencer par inspecter les grottes, je déclare.

— Entièrement ? soulève Hope.

— Non, on entre avec Volker, on fait quelques pas, on attend que notre boule de Crystal personnalisée sente un truc, si ce n'est pas le cas, on passe à la suivante, lâche mon cousin en affirmant sa prise autour de son arme.

— La boule de Crystal, elle t'emmerde, Creaving.

Daemon se met à rire, Volker est nerveux depuis qu'on a mis les pieds ici. Grâce à la concoction qu'ils ont créée avec Egon, nous pouvons normalement revenir sur terre à n'importe quel moment.

Grâce à une carte des Régions Interdites datant de la Grande Guerre, nous essayons d'établir des zones à fouiller en priorité. Il y a des centaines de grottes, mais seulement une vingtaine qui donnent un accès aux souterrains.

On commence par les plus connues, et à chaque fois, Volker ne voit rien nous concernant. On essaie d'aller vite pour ne pas épuiser le mâle, ces visions sont d'une violence rare et dans ces lieux, je n'ose pas imaginer ce que son esprit peut sonder.

L'horreur.
Le crime.
La violence.

On entend des cris au loin qui résonnent dans les galeries. Je sens la tension émanant de chaque membre de la garde. Tout le monde s'attend à ce que ça dérape d'une minute à l'autre.

L'odeur âcre de la chaleur humidifiant les murs me file la nausée, les pierres sombres brûlées par la lave autrefois font sinistre. Le sol grince sous nos pas. On passe par des chemins difficiles. Nos regards sont plus que vigilants. Je crains de basculer dans la folie à n'importe quel instant. Une sensation étrange demeure en moi. Comme si j'allais vers une rencontre, celle que la femme m'a promise.

Deux heures plus tard, je suis en nage, mon cœur bat de plus en plus vite. On s'arrête devant une grotte à l'entrée réduite. Nous allons devoir passer un par un. Autant dire que c'est risqué si quelqu'un nous attend de l'autre côté.

Je m'approche pour inspecter le passage, j'allume une lampe torche pour voir sa profondeur, mais difficile de le déterminer. J'attrape une pierre, et la lance. Je tends l'oreille, l'écho met un certain temps à revenir vers nous. J'ignore comment est fait ce passage, mais je sais que cette entrée est discrète. Il faut la connaître pour la trouver. Daemon et Volker l'ont déjà inspectée. Ce sont des anciennes galeries où des démons se retrouvent, elles ont servi pour les dernières rébellions.

Je me tourne vers les autres qui montent la Garde. Lachlan attend ma proposition, Daemon aussi. Je ne vois qu'une solution.

— Allez-y, je reste pour nous couvrir.

— Je passe le premier dans ce cas, lance Lachlan.

Nous nous adressons un regard qui en dit long. Celui qui murmure dans le silence « fait attention ».

J'acquiesce à sa proposition. Il passe devant moi, observe un instant avant de s'engouffrer dans l'obscurité. Mon rythme cardiaque s'emballe dans l'attente d'un mot de sa part nous informant qu'il n'y a rien à signaler.

Je reste attentif de longues minutes, en espérant que Lach se montre prudent dans son inspection.

— RAS, déclare mon meilleur ami.

Sa voix semble lointaine, mais il va bien. Je laisse échapper un soupir, soulagé. Je commence à sérieusement déconner.

La Garde interdit formellement de mélanger vie privée et vie professionnelle sur le terrain.

— OK, les autres suivent, j'annonce.

Anneliese passe en second, puis Hope suivie d'Egon, Volker, Sawyer, pour finir par mon cousin. Il est méfiant quand il s'engouffre dans le tunnel sombre. Un étrange vent se lève, l'odeur forte de la lave carbonisant la terre chatouille mes narines.

Je reste face au paysage macabre. Personne n'arrive à l'horizon. Le plateau devant l'entrée reste vide, les deux chemins aussi. Je ne vois pas d'individus aux alentours. Je n'entends rien. Il n'y a que le vide, les hurlements des damnés ne résonnent même plus.

Je fronce les sourcils, je trouve ça suspect. Un sentiment étrange me gagne, je resserre ma prise sur mon arme, je scrute ce qui m'entoure, mon rythme cardiaque s'accélère.

Quelque chose va se produire, ce calme n'est pas normal.

— C'est bon ! hurle Daemon pour que je passe à mon tour.

Et tout bascule.

Au moment où je m'apprête à entrer par l'ouverture dans la pierre, la grotte se met à trembler. Je m'éloigne en voyant des rochers tomber du haut de la colline pour venir s'écraser devant moi. Je m'écarte en espérant éviter les débris de l'avalanche. Comme par magie, l'improbable se produit, je vois des pierres s'effondrer dans le tunnel d'entrée, bloquant le passage. Un élan de panique mêlé à la surprise gagne la Garde. Je les entends à peine réagir.

Bordel de merde.

Dès que le tremblement cesse, une forte odeur de fumée envahit les lieux, je tousse en m'approchant. La poussière se dissipe pour laisser place au spectacle. L'entrée est totalement bouchée. Il est tombé suffisamment de roche pour bloquer le passage.

Putain !

Je me mets à appeler les membres de la Garde, mais aucun retour ne vient. Est-ce qu'ils sont encore en vie ? Je l'ignore. Je n'avais pas prévu ça.

Je ne les entends plus.

En revanche, une voix féminine résonne derrière moi. Une voix que j'ai déjà entendue une bonne dizaine de fois. Un frisson me gagne, et je sens une présence inquiétante.

— Reaper Creaving, nous nous rencontrons enfin.

***

Je me retourne lentement pour découvrir une femme sublime et dangereuse, vêtue de cuir noir. Ses cheveux sont de feu, ses yeux rouge sang. Son visage est sculpté dans le marbre, ses traits sont fins et sublimes. Mon cœur se serre, et un sentiment angoissant me tétanise. Mon corps entier est prostré.

C'est elle, c'est la rousse.

Un sourire malsain se dessine sur son visage. Elle me tend une main en déclarant d'une voix mélodieuse :

— Je pense qu'il est temps de faire les présentations, je suis Onyx.

Je la foudroie du regard.

— Qu'est-ce que tu as fait ?! je réponds d'un ton cinglant.

Un rire résonne, la vampire s'approche de moi, je fais de même, nous nous tournons autour, examinant les gestes de chacun.

Onyx est rapide, son corps bouge en harmonie. Elle est musclée, elle semble entraînée. Ses boucles rousses remuent sur ses épaules. La jeune femme me semble familière.

— Je t'ai piégé Reaper, j'orchestre ce petit cinéma depuis des années, et je dois avouer qu'il s'est déroulé à merveille.

La rage s'empare de moi, violente et soudaine. C'est comme si, en quelques mots, elle avait appuyé sur un interrupteur. Un instinct me dit de la mettre à terre, des voix dans ma tête me disent de faire de même.

Sans réfléchir, je fonce sur la vampire, pris par une fougue impossible à faire taire. Onyx disparaît et me laisse percuter le vide.

Je jure, elle m'échappe. La colère gagne plus de terrain. Onyx se volatilise subitement, comme par magie. La garce possède ce genre de pouvoir, je me demande comment elle a pu l'acquérir, c'est rare.

— Trop lent, se moque Onyx en réapparaissant derrière moi.

— Qu'est-ce que tu veux ! je hurle, qu'est-ce que tu as fait de mes hommes ?!

Bordel, je vais la tuer, s'ils sont morts, je vais l'envoyer dans l'autre monde définitivement.

— Je te veux toi, et tes hommes…

Elle rit de plus belle.

— Tes hommes vont mourir. Ne te soucie plus d'eux.

Je refoule ma rage contre elle et cours en direction de l'entrée encombrée de roches noires. Je tente d'en déplacer, mais elles ne bougent pas.

Je refuse que mes hommes crèvent à cause de moi. À cause d'une erreur de ma part, à cause de ma folie de ne pas avoir vu le piège. Je voulais tellement clore cette mission, retrouver les dirigeants, faire quelque chose de bien avant de partir.

Un courant d'air me chatouille la nuque, je le refoule, il faut que je trouve un moyen de les faire sortir de ce guet-apens.

— On partage un point en commun Reaper. Un dont que tu n'as pas encore conscience, mais ton subconscient va vite s'en rendre compte.

Onyx se colle contre mon dos, je me fige. Je sens les courbes de son corps, un élan interdit me gagne. Mon cœur explose, mes nerfs aussi.

— Ne résiste pas, souffle-t-elle.

Je me crispe, mes mains saignent contre la roche que j'agrippe. Je tente de garder mon calme, de ne pas entrer dans une lutte où mon ennemie me défiera et me ridiculisera. Je dois réfléchir à moyen de me sortir de là en sauvant mes frères aussi.

Je n'ai pas le temps de contrôler ce qu'il se passe, tout dérape. Un hurlement m'échappe lorsqu'Onyx enfonce ses canines dans mon cou, mordant ma chair. Du sang tache mon uniforme. Sans que je ne puisse m'écarter, la douleur se fait moins intense. Onyx me lâche et me contourne pour me faire face, un sourire carnassier se dessine sur son visage. Elle essuie le surplus rouge.

Sa morsure me brûle, son venin se répand dans mes veines, mon cœur bat vite, ma respiration s'emballe. Ma vue devient trouble.

— Qu'est-ce que tu m'as fait, je lance en titubant.

— Je viens de t'empoisonner.

M'empoisonner ?

Onyx nettoie ses lèvres qui semblent être pleines de poison. Putain, qu'est-ce qu'elle m'a fait exactement ?

Je manque de m'étaler par terre, mes membres deviennent endoloris.

— Bientôt, nous ne ferons plus qu'un, Reaper, et tout ce que tu redoutais va enfin se réaliser. Et personne ne l'a vu venir.

Je m'effondre sur la terre noire. J'ai du mal à respirer. Je reste tremblant. Onyx s'approche de moi, elle caresse ma joue, j'essaie de me débattre, de la repousser, mais rien ne bouge. Je suis paralysé.

La peur commence à me gagner.

— Ta folie est ma folie, murmure-t-elle, et je dois avouer que le résultat est plus qu'extraordinaire. Je suis sa fille, et tu as son sang en toi.

Onyx se met à rire en me voyant lutter contre le sommeil. Lorsque je l'entends réciter une comptine, mon esprit sombre. Je succombe sans savoir ce qu'il va m'arriver. Et je comprends. Onyx, la rousse de mes rêves, est en fait un cauchemar. Je ne partage qu'un seul autre sang, celui de Dying Creaving.

Chapitre 13

Amber

Je surveille l'horloge avec attention, ils sont partis depuis trois heures. Reaper est venu me voir avant son départ. Le mâle semblait épuisé. Je suis devenue rouge comme une tomate en le voyant, des souvenirs de notre lutte dans la salle de sport étaient toujours présents dans mon esprit. Il s'est excusé, j'ai fait de même. On s'est regardé péniblement avant que je ne vienne le prendre dans mes bras pour lui donner un pardon dont il n'avait pas besoin.

Je me suis excusée, mais pas pour les mêmes raisons. J'avais envie de lui apporter mon soutien pour tout ce qu'il traverse. Il n'y avait pas d'attirance sexuelle, juste un profond respect. J'ai souri, le vampire a fait de même. Reaper m'a dit que nous devrions parler à son retour des enfers. Je n'ai pas soulevé, je lui ai dit de faire attention et il a disparu, en coup de vent.

Depuis, j'erre dans la maison en attendant leur retour, j'ai bouquiné, j'ai poursuivi mes recherches sur les Ordres des Déchus, émettant des hypothèses sur leur motivation.

Ma mère me manque, l'Écosse et les balades nocturnes sous la pluie me manquent, mon travail me manque, mais étrangement, ma présence aux côtés de la Garde me rassure pour affronter le reste.

J'allume la télévision sur une diffusion anglaise d'une série TV stupide, je m'installe dans le salon commun. Je souffle sur le thé chaud aux arômes d'agrumes en me laissant bercer par le sommeil.

J'entends des grincements, cette maison fait flipper, perdue au milieu de nulle part. J'essaie de chasser la peur qui me gagne, être seule ne me rassure pas.

Je l'ignore, je reste concentrée sur le couple qui s'embrasse en me demandant si un jour je connaîtrai ça.

Reaper est lié à une autre personne, qu'importe le sexe ou les histoires d'âmes sœurs. Même si une part de moi espère quelque chose, je ne suis pas le genre de femme à briser le cœur de quelqu'un.

Le bruit persiste, et j'espère que la Garde rentrera bientôt. La solitude m'effraie, surtout quand il n'y a pas un vaillant chevalier à crocs à mes côtés pour surveiller mes arrières.

Je tente de chasser mon inquiétude, mon cœur bat vite, et un instinct me dit qu'une fois cette histoire finie, je devrais guérir ces blessures qui ne se voient pas.

CHAPITRE 14

Lachlan

Au même moment.
Les Enfers.

Putain de merde !

D'abord un éboulement, maintenant un face à face avec des rebelles. La journée ne pouvait pas être plus merdique.

On a manqué de se faire écraser, désormais, on va devoir se démerder avec ce bordel. Je regarde les individus qui sont apparus devant moi. Des mâles, tous vêtus de cuir, le visage humain, mais des yeux rouges et noirs terrifiants. Ils jouent avec des armes en métal. L'adrénaline parcourt mon corps, j'essuie le sang coulant de mon arcade. Je tente de rester calme, les autres membres de la Garde viennent m'entourer.

Je les observe et un déclic se produit. J'en reconnais un, un bâtard de traître.

Balthazar Darken.

Cet enfoiré a disparu de la circulation il y a trente ans. Il est sur la liste des êtres démoniaques les plus recherchés. Certains disaient qu'il était mort, d'autres l'affirmaient en train de comploter contre le dos des gagnants.

Ce salopard est bien vivant. Il frotte son bouc en nous dévisageant, amusé.

Quand le Conseil va l'apprendre, ils vont devenir fous.

— Je ne doutais pas de ses capacités, déclare-t-il à l'un de ses hommes.

— Vous allez nous suivre, lance un démon qui semble être le bras droit de Balthazar Darken.

Un rire gagne Daemon à mes côtés. Il retire le cran de sécurité de son gun en s'avançant d'un pas, il prend un air menaçant.

— Hors de question.

— Vous allez nous suivre et nous allons discuter des démarches à suivre. Nous comptons vous proposer un marché, poursuit Balthazar.

L'atmosphère devient intense, un sentiment de danger s'empare de nous. Personne n'ose faire le premier pas par peur de déclencher un affrontement. La réputation de la Garde n'est plus à faire, même si nous venons de nous faire joyeusement berner.

— Nous ne négocions pas avec des traîtres, je poursuis.

— À partir de maintenant, à chaque refus de votre part, je ferai exécuter un de nos otages. Ça fait un.

Je me fige, il a bien parlé d'otages ? Je me tourne vers mes comparses pour voir s'ils ont compris la même chose que moi. C'est le cas. Balthazar Darken détient nos dirigeants. Comment est-ce possible ? Pourquoi n'avons-nous rien vu venir ?

La colère me gagne. Je me doute que les intentions du démon sont loin d'être les meilleures.

Ce dernier voit que nous avons fait le lien avec tout ce qu'il s'est produit dernièrement.

— Laissez vos armes et je ne le répèterai pas, sinon ça fera deux.

Nous restons immobiles un instant, examinant la scène, les démons. Nous sommes en infériorité numérique et ignorons totalement les pouvoirs de ces derniers. Lors de notre dernier affrontement avec des êtres de cette espèce, j'ai failli mourir à cause d'un des dons maléfiques. Les semaines qui ont suivi ont été douloureuses et compliquées, je ne souhaite ça à personne. Alors, en attendant de savoir où est Reaper et s'il est toujours en vie… je me dois de protéger nos hommes.

— Ne faites rien de stupide qui vous fera regretter tout ce bordel, je lance à Balthazar Darken.

Un sourire crispé se dessine sur son visage. Ses dents aiguisées donnent l'impression qu'il va arracher une jugulaire s'il y mordait dedans.

— Sage décision.

Nous laissons tomber nos armes, à contrecœur, en ayant la sensation d'être des faibles. Nous avons merdé quelque part. Nous verrons où, si nous survivons.

Une fois dépourvus de moyen de défense, on se fait escorter dans les galeries sombres dans un silence que nous savons très dangereux.

***

Quelques heures plus tard...

Dans quelle putain de merdier nous sommes ?!

Je ne m'attendais pas à découvrir ça. À atterrir dans une grotte aux allures de QG international avec dans ses geôles, cinq dirigeants vampire séquestrés. Ils étaient mal en point. On a essayé de débattre, de trouver un compromis. L'Ordre ne voulait pas parler... ils tenaient juste à nous montrer de quoi ils étaient capables.

Ils les ont tués, tous en nous déblatérant des propos incohérents de pouvoir, de vengeance.

Un à un, ils ont exécuté les dirigeants, nous faisant témoins de leurs actes. Anneliese a tenté de faire quelque chose, mais son frère l'a arrêtée. Les dirigeants étaient condamnés, nous l'étions aussi en agissant. Nous ne pouvions pas prendre le risque de mourir sans faire connaître cette découverte. Parfois, il y a des sacrifices immondes à faire, celui-là en était un. Les dirigeants n'ont pas cherché à se rebeller, ils ont accepté leur mort comme la fin d'un calvaire et ça m'a tué. De les voir ainsi, d'assister à ça sans moyen de l'éviter.

Le pire ? C'est que je ne comprends toujours pas pourquoi ils n'ont pas cherché à nous exécuter pour taire leur existence, ils se sont à peine battus lorsqu'on s'est soulevé au moment où certaines bêtes sanguinaires se sont jetées sur les cadavres.

Quand nous avons réussi à nous extraire de nos luttes contre les démons, nous avons pris un chemin dans les galeries souterraines pour nous ramener vers l'extérieur. Seul moyen de sortir. Nous sommes revenus sur nos pas, le cœur battant, cherchant désespérément une trace de Reaper. Rien, il n'était nulle part, il avait disparu, laissant une lettre volante dans les airs, telle de la magie.

De la putain de magie noire.

Je crois que je suis sous le choc de voir ce que j'ai vu, d'assister à ce spectacle en me sentant impuissant.

Nous allons devoir faire un rapport des plus salés. J'imagine déjà la décision du Conseil des États-Unis : dissoudre la Garde pour son manque d'efficacité.

Reaper a disparu, les dirigeants sont tous morts, on a découvert une nouvelle menace, le fils du couple présidentiel est introuvable. Qui sait ce que l'Ordre des Déchus nous réserve encore ?

Je hurle de frustration en comprenant qu'on nous a baisés depuis le début. Il n'y a qu'à lire et relire le mot laissé par l'Ordre devant le lieu de l'éboulement.

Hope le relit pour la centième fois, essayant de décoder les mots. Anneliese est en train de calmer Amber suite à l'annonce de la mort de sa mère. La jeune écossaise était effondrée. Elle somnolait dans le salon quand nous sommes rentrés avec trois heures de retard.

Chers Membres de la Garde,
Nous détenons Reaper Creaving dans un lieu où personne ne pourra l'atteindre. Notre combat dépasse le vôtre, tout est une question de sang. N'imaginez pas que vous pourrez le retrouver. Il est condamné et vous aussi. En attendant la fin, méfiez-vous des apparences.

Méfiez-vous des apparences. Bordel, ces connards ont cru que nous étions dans un jeu d'énigmes ?

Je fais les cent pas autour de la table de réunion. Mon agacement est palpable, mais noyé sous l'inquiétude. Egon est rapidement parti dans la dimension des Spectres obtenir des informations auprès de son père. Sawyer est en train de se faire soigner, il ne reste que nous quatre. Daemon est silencieux comme jamais, je crois que je l'ai rarement vu ainsi. Aussi calme.

Je sors de mes pensées en voyant le fils de Senan se figer. Il tient dans sa main la lettre que ma sœur lui a passée et regarde le vide.

Il a une vision.

— Volk ? je lance en m'approchant de lui quelques instants plus tard.

Un calme tendu gagne la pièce. Un sentiment étrange noue mon estomac.

— Bordel, lâche le demi-vampire en laissant tomber brusquement la lettre comme si cette dernière l'avait brûlé.

Tout le monde se tourne vers lui à la recherche d'une explication. Mon cœur s'emballe en croisant le regard livide du demi-sorcier. Il se lève d'un bond et se met à marcher comme moi, pour évacuer le trop-plein qu'il vient d'encaisser.

— Reaper, il a été enlevé par un membre de votre famille, déclare Volker.

Daemon et Hope se raidissent en entendant cette information tandis que j'explose. Mon sang ne fait qu'un tour, il ne peut pas annoncer ça ainsi.

— Quoi ?! je répète.

— Par qui ?! demande Hope, personne ne ferait ça !

Aucun Creaving ne trahirait un membre de sa famille. Les traîtres sont morts ou prisonniers.

Volker passe une main nerveuse dans ses cheveux, il regarde partout, comme s'il cherchait quelque chose.

Il déraille.

— Il faut absolument que je parle au Conseil...

J'arrive à sa hauteur, l'attrape par les deux bras pour l'immobiliser. Mon regard croise le sien, j'ai besoin de savoir, je sais qu'il en a vu plus. Comme l'identité des personnes qui ont enlevé Reap.

— T'as commencé, tu finis, Volk, dis-moi, qui a enlevé Reaper ? je murmure avec calme.

Le mâle se raidit, il inspire plusieurs fois, cligne des yeux comme pour chasser des pensées incohérentes. Il prend son temps pour interpréter ce qu'il a vu.

— Une femme, rousse, belle, et familière. J'ai vu cette vampire discuter avec lui, le mordre et disparaître… on aurait dit qu'elle l'avait… empoisonné.

Je tente de rester calme, mais cette nouvelle m'inquiète. Tout le monde sait à quel point le mâle réagit mal aux substances maléfiques. Au sang des autres surtout, pour commencer.

— Ensuite ?

Volker respire de plus en plus vite, c'est toujours ainsi lorsqu'il est sur le point d'exploser, tant les informations sont nombreuses.

Il ferme les yeux, rassemble ses idées avant de poursuivre. Ses cheveux noirs entrent en contrastes avec sa peau pâle et livide.

— J'ai vu… une vie, toute une vie entière en touchant ce simple papier rempli de haine. J'ai merdé, je n'ai pas fait le lien, mais ça y est, je comprends. L'enlèvement des dirigeants, ce n'était qu'une excuse pour que Reaper et la Garde se mettent sur l'affaire. Ils ont tout orchestré pour ce moment. Celui où ce serait notre chef qui disparaîtrait. J'ai compris le but de cet Ordre des Déchus. Il est en lien avec tout le problème de Reaper et des Creaving.

Volker croise mon regard en serrant mes avant-bras.

— *Tout est une histoire de sang*, répète-t-il. La Prophétie de Mortem explique que le descendant sera celui qui créera une race parfaite. Mais d'une prophétie on peut en faire toujours une autre interprétation. L'Ordre des Déchus ne veut pas prendre le pouvoir par la force même s'ils nous l'ont fait croire depuis des mois en kidnappant des dirigeants. Ce qu'ils voulaient, c'était Reaper.

— Pourquoi ? lance Amber en entrant dans la pièce.

Tous les yeux se portent vers elle, les siens clairs sont éclatés par le chagrin, ses joues sont aussi rouges que ces cheveux de feu.

Visiblement, l'information de la disparition du chef de la Garde a filtré jusqu'aux oreilles de la vampire. Anneliese pénètre à son tour dans la salle de réunion, inquiète.

Je fais mine de ravaler ma fierté mal placée pour me concentrer sur l'essentiel : Reaper.

— J'ai vu une femme naître dans la maison qu'on a trouvé perdue au milieu de nulle part, elle était… l'enfant du mal. On l'a élevée, programmée dans le but ultime de préparer une vengeance pour exercer le contrôle de l'avenir de la prophétie. Avec la malédiction de Reap, c'était tellement simple pour elle, parce qu'ils sont…

— Liés par le sang, je souffle.

Hope se fige en entendant le récit de son amant. Elle écarquille les yeux, inquiète. Tout le monde connaît le détail du poison liant Reaper à l'ancien Président Creaving.

Un rire paniqué gagne Volker, son cerveau marche à cent à l'heure.

— Non, ils veulent pire que ça. La Prophétie de Mortem se réalise en deux temps. Le premier, c'est la naissance d'un héritier de l'union de l'élue et d'un Premier Vampire. Le second, c'est quand cet héritier engendre à son tour un descendant, mettant en circuit, ce nouveau sang, pur, mêlant humain et vampire pour créer dans mille ans, une civilisation forte.

Soudain je comprends. Cette réalité me frappe de plein fouet. Ils veulent le…

— Oh bordel !

Je n'hésite pas. Je me rue sur les boutons d'appel et me connecte immédiatement sur la ligne d'urgence, en lien direct avec le téléphone noir d'un certain bureau.

Mon cœur bat rapidement, l'inquiétude noue mon estomac, je tente de ne pas imaginer le pire, mais mon esprit le fait à ma place.

Je dois le sortir de là. Je ne peux pas laisser Reap à ce putain de sort. Qui sait ce qui lui est déjà arrivé et comment il réagira à ce qu'on va lui faire.

La connexion s'établit rapidement, un visage familier et dur apparaît face à nous.

— On a un sérieux problème, je déclare avant qu'il ne pose la moindre question.

Pas qu'un d'ailleurs.

Dead Creaving se raidit, il frotte son menton d'un air sérieux, tentant de garder son calme. Il ne demande pas où est son fils.

— Je vous écoute.

Je jette un coup d'œil aux membres de la Garde, tous sont plus atterrés les uns que les autres. Nous avons merdé. Et le Président des États Unis n'imagine pas une seule seconde l'ampleur du désastre qui se prépare.

Chapitre 15

Reaper

Les Enfers.

Ma tête tourne lorsque je sors du coma. J'ai du mal à faire le lien entre mon dernier souvenir et la pénombre de la pièce. Le sol est froid, mon corps est engourdi, je remue, des bruits de chaînes qui tintent résonnent à mes oreilles.
Des chaînes ?
Mon rythme cardiaque s'emballe, je tente de rassembler mon esprit, mais une violente douleur à la tête m'en empêche. Mon cou me fait mal, c'est comme si on m'avait... mordu ?

Putain dans quel merdier je me suis fourré ? Qu'ai-je commis d'irréparable et est-ce que j'ai blessé quelqu'un ?

L'inquiétude prend le dessus, je tente de me lever, mais je reste collé contre le mur, les bras retenus. Je n'ai plus mon uniforme, je suis nu.
Qu'est-ce que j'ai fait pour être dans cet état ?
— Tu es réveillé, souligne une voix au loin.

J'entends des pas. Je me concentre pour voir la personne dans l'obscurité, ma vision n'est pas revenue à la normale.

Qui est-ce ? Et pourquoi on m'a attaché ? Est-ce que Lachlan a dû prendre des mesures exceptionnelles parce que j'ai dérapé ?

Trop de questions me passent par la tête, et peu de réponses viennent.

Les torches s'allument subitement, laissant apparaître une geôle sale et humide, où l'odeur de terre, de cendre et de renfermé domine.

Je croise enfin le regard de l'autre personne. C'est une femme. Une belle rousse.

C'est elle, ma protégée.

Qu'est-ce qu'elle fait ici ?

— Amber ? je lance

Un rire la gagne, je secoue la tête, mon esprit est paumé, perdu dans l'obscurité et les délires. Dès que la vampire arrive à ma hauteur, un autre visage s'affiche, plus parfait, plus… maléfique. Des yeux rouges me scrutent, un sourire malsain déforme ses traits.

Onyx.

— Je n'aurais pas cru que tu réagisses si bien à mon sang.

Elle tend une main pour toucher la plaie à mon cou, je tente de m'écarter, mais elle va plus vite et j'ai du mal à bouger. Des décharges de douleur me gagnent lorsque la vampire examine ma blessure, j'ai l'impression qu'elle m'a arraché un bout de peau.

Mes canines descendent, une furieuse envie de la tuer me prend. C'est un désir tellement violent qu'il me coupe le souffle. Je tire sur mes chaînes avec force, Onyx se met à rire en me voyant lutter.

Elle se lève, face à moi. Je l'observe retirer son cuir ainsi qu'un t-shirt noir moulant. Sa peau claire entre en duel avec la faible luminosité de la cellule. Deux petits seins pointent devant moi. Onyx continue de se déshabiller et il me faut quelques secondes pour comprendre ce qu'elle s'apprête à faire.

Bordel non.

Je commence à m'agiter, je tire de plus en plus sur mes chaînes, espérant qu'elles craquent sous ma force. Ma peau me brûle, je sens l'acier me lacérer.

Je ne veux pas de ça. Avec personne.

— Tout doux, Reaper.

Totalement nue, Onyx s'installe sur mes genoux, ses mains froides viennent se fourrer dans mes cheveux sombres. Je tente de la repousser, mes canines me font mal tellement elles sont longues, je m'apprête à la mordre pour la blesser quand un autre visage apparaît dans l'obscurité.

Amber.

La vampire caresse doucement mes joues râpeuses. Je ferme les yeux, comme pour essayer de me réveiller, mais la tendresse continue. L'Écossaise frôle mon torse, embrasse mon épaule.

C'est Amber.

Qu'est-ce qu'elle fait là ?

Mon sexe se raidit, comme par automatisme quand je sens ses seins plaqués contre mon torse. Elle ondule doucement, créant une friction érotique qui me file des frissons. Je tire sur mes chaînes, je tente de résister. Je ne peux pas lui faire ça, pas dans mon état, pas en étant ici.

Réveille-toi Reap, réveille-toi de ce cauchemar.

Mais rien ne se passe, les caresses continuent, j'ouvre les yeux, des cheveux roux effleurent mon visage, mon érection durcit à chaque mouvement de hanches de la vampire. Amber se frotte à mes hanches, elle lèche ma peau, mon cou où ma blessure me lance. Je déglutis avec difficulté.

Est-ce la réalité ?

— Fais-moi l'amour, murmure l'Écossaise.

— Amber, on...

— Fais-moi l'amour, Reap, lance une voix plus sombre.

Plus mâle. Plus familière.

Je croise le regard de Lachlan. Mon cœur s'emballe, l'incompréhension me gagne. Qu'est-ce qu'il se passe ? Pourquoi j'enchaîne les visages ?

Mon meilleur ami est nu, il me chevauche, je sens le poids de son corps sur moi, son sexe bandé contre le mien. Il bouge pour les frotter ensemble, créant des frissons sur ma peau. L'envie me gagne, la chaleur m'inonde.

— Lach...

Le vampire se plaque davantage contre moi, la rudesse de ses gestes m'éveille.

— Embrasse-moi, grogne-t-il.

J'avance la tête pour le faire, comme par automatisme. Lorsque je cligne des yeux, un autre visage réapparait.

Amber.

Je secoue la tête.

— Embrasse-moi, répète-t-elle en s'approchant.

Sa bouche frôle la mienne dans un baiser tendre. Ses mains douces saisissent mon visage. Sa langue trace le contour de mes lèvres, touchant mes canines sensibles.

Ma queue se raidit.

— Tu me veux, lance une autre voix féminine.

Onyx.

Je secoue la tête de nouveau en essayant d'échapper à sa prise

Ses doigts empoignent mon érection avec fermeté, ma tête tape contre le mur en pierre, un spasme de plaisir gagne mon corps.

Bordel.

— Ne résiste pas.

Je n'arrive pas à distinguer qui me parle. Mon cerveau se perd dans les sensations, il n'arrive pas à lutter, à réfléchir et à comprendre ce qu'il se passe. Il succombe. La main continue de me caresser. Un pouce passe sur mon gland sensible, je jure. Un petit rire résonne. Je tire sur mes chaînes dans l'espoir de m'en débarrasser, de toucher cette personne ou de m'en aller. Je ne sais pas.

Une chaleur étrange me parcourt. Je sens quelqu'un me chevaucher, suivi de près par l'humidité familière de l'intimité d'une femme. Je grogne lorsqu'elle m'enfonce en elle d'un geste fluide. La chaleur serrée de son sexe enrobe le mien, mon cœur s'emballe, des spasmes de plaisir me percutent.

Elle se met à bouger rapidement, m'imposant une cadence intense. Ses muscles internes se referment autour de ma queue. La vampire se déhanche divinement bien. Je ne peux m'empêcher de ressentir du plaisir. Elle sait comment me rendre fou, comment attiser le feu et le rendre encore plus ardent.

Les minutes passent, son rythme devient effréné. Nos respirations entrent en échos, les visages se multiplient. Amber, Onyx, Lachlan. J'ai l'impression de rêver, de partager ce moment avec les trois, de le haïr, l'aimer et le repousser. Mon esprit se perd, dévoré par des hallucinations.

Mon érection souffre de l'emprisonnement serré. L'envie de jouir se fait de plus en plus forte. Je sens monter l'orgasme chez ma partenaire. Je n'arrive pas à réfléchir. Je tire sur mes liens, je dois m'échapper, je dois la saisir et la baiser avec plus de force pour éteindre ce mal qui me ronge.

Puis le feu explose. Ma queue se contracte dans le cri soudain de la vampire qui jouit autour de moi, s'empalant avec violence sur mon érection tendue. Cette énième friction me fait basculer.

Le plaisir ne dure que quelques secondes, mais elles sont suffisantes pour me faire plonger dans l'obscurité. Je ne suis pas préparé à la morsure franche et violente. Elle déchire ma peau et mon sang part infiltrer la gorge de ma partenaire.

Je ne réagis pas, je gémis en savourant cette sensation que je n'ai jamais connue. Mon sexe tremble dans le cocon chaud de la femme.

Cela ne dure pas longtemps. Je m'effondre sur le sol poussiéreux, le corps tremblant de cet orgasme intense que je n'ai pas vu venir. Mon cou me lance sous la nouvelle blessure. Je ne réalise pas immédiatement ce qu'il s'est passé, perdu dans les abimes du plaisir.

Ma partenaire reste quelques instants inerte contre moi, je vois le visage d'Amber réapparaître dans l'obscurité, le rire d'Onyx résonne. Lach a disparu.

— Nous allons faire ça très souvent Reaper, lance-t-elle.

Mon cœur s'arrête lorsque le vrai visage apparaît : Onyx. Elle se redresse, et s'installe en face de moi, nue, sa bouche encore rouge de mon sang. Elle ferme les cuisses comme pour éviter de faire couler ce que j'y ai laissé. Un haut-le-cœur me gagne. Est-ce la réalité ? Est-ce que j'ai bien couché avec elle ?

Ou Amber ? Lachlan ?

Est-ce que je délire ? Cette cellule n'est peut-être qu'un putain de rêve plus vrai que nature, comme le dernier.

— Je dois avouer que tu baises vraiment bien. Moi qui ai l'habitude de me faire sauter par des démons, j'avais presque oublié ce que c'était avec un vampire.

J'ai couché avec ma… cousine. Avec la fille de notre ennemi et je n'ai pas résisté. Je deviens fou, pour de bon. Incapable de me maîtriser. J'ai trahi notre alliance, j'ai trahi mon père, ma famille et la Garde. Je suis une bombe à retardement qui a explosé. J'aurais pu me battre, mais mon esprit torturé m'en a empêché.

J'ai succombé.

— Qu'est-ce que tu veux ? je finis par demander d'une voix sèche.

Onyx n'hésite même pas à me répondre.

— Toi, ton sang, ton sperme, ta vie. Tu es le fils de la prophétie, je suis la fille du mal, ensemble, nous allons pouvoir collaborer pour l'avenir de notre race. Je ne t'ai pas laissé le choix, Reaper, je me suis liée à toi. J'ai mis toutes mes chances de mon côté pour tomber enceinte. Et je reviendrai, aussi souvent qu'il sera nécessaire pour pouvoir mettre au monde un héritier descendant de la Prophétie de Mortem.

Je me fige en l'entendant prononcer ces mots. Mon rythme cardiaque s'emballe, elle désire tout ce que je ne veux pas. Il est hors de question que je fasse ça. J'ai fait une croix sur l'avenir, les enfants, l'amour, le liage… et Onyx me prive de mon libre arbitre.

Elle est dingue, aussi dingue que son père et les récits qu'on m'en a faits.

Voyant que je perds mon calme, la vampire s'approche de moi. Elle tente de me caresser le visage mais je détourne la tête en la menaçant.

Ma réaction l'amuse.

— Tout doux, amour, je peux te rendre les choses plus faciles. La petite Écossaise ou ton meilleur ami ? Je peux être n'importe qui pour toi. Je peux me transformer en qui tu veux si ça peut te plaire. J'ai la chance d'être une Changeante, tu as le droit d'en profiter.

La nausée me gagne en imaginant qu'elle s'est sans doute servie de ma folie pour user de mon corps.

Je ne réponds plus rien, je reste dans la pénombre à espérer que tout ceci ne soit qu'un cauchemar. Je me demande comment vont les autres. La mémoire me revient petit à petit, je me rappelle notre mission l'effondrement. Je pense à Lachlan, à ma sœur et à mon cousin. Je m'en voudrais s'il leur arrivait quelque chose.

Onyx me tire de mes pensées.

— Je me suis longtemps demandé comment tu étais avant de commencer à te traquer. La première fois où j'ai réussi à établir une connexion grâce au sang que nous partageons, je me suis interrogée. Comment peut-on créer un être aussi parfait ? Tu respires la virilité et la violence. Tu seras un parfait Maudit. Peut-être que je pourrais te garder une place à mes côtés ? Quand la folie t'emportera, il n'y aura que le mal qui t'intéressera. Je suis le mal. Peut-être allons-nous avoir besoin l'un de l'autre.

— Jamais, je jure.

Onyx se met à rire.

— C'est assez drôle en fin de compte. Tu as toujours refusé de t'unir à ton enfoiré de meilleur ami pour le protéger de toi, alors que ton sang n'est même pas maudit, c'est toi. La malédiction ne se transmet pas, elle est personnelle.

Non, ne dis pas ça. Pas toi aussi. Ne me confirme pas ce que je redoutais.

Je chasse cette confirmation que je sais déjà, mais que j'ai toujours refusé de croire. Lachlan mérite mieux qu'un pauvre type maudit comme moi. Il mérite mieux qu'un mâle incontrôlable, un flippé de l'amour et de l'avenir.

— Il aurait pu te sauver de ce qu'il s'est passé, poursuit ma geôlière, de ce qu'il se passera. Il aurait pu être à toi et toi à lui, mais c'est trop tard. Parce que désormais, tu m'appartiens Reaper. Nos sangs sont liés. Nos corps sont liés, nos avenirs sont liés.

Mon cœur se serre. Moi qui avait promis à Lachlan que si je ne franchissais pas le pas avec lui, je ne le ferais pas avec un ou une autre. J'ai échoué.

Une petite voix dans ma tête me murmure que je vais le regretter.

J'aurais dû te faire confiance Lachlan.

Onyx se lève, un sentiment d'échec m'habite. Je crois que je ne réalise pas.

— Bientôt, je t'en dirai plus. En attendant, j'ai à faire. Mais ne t'en fais pas, tu vas tellement délirer ces prochains jours que tu ne te rendras pas compte de la réalité ni du temps qui passe.

— Qu'est-ce que…

Je n'ai pas le temps de dire quoi que ce soit de plus que je comprends. Une douleur aussi violente que celle qui m'a entraîné dans le néant me gagne.

Son sang est aussi empoisonné que le mien.

Onyx rit en me voyant me tordre de douleur. Alors que mes muscles se tétanisent et que mon esprit s'éteint, je la vois disparaître dans l'obscurité, sous un visage familier.

Tel est mon destin, souffrir dans une cellule perdue je ne sais où, pour assouvir les projets malsains d'une famille que je pensais morte.

Je hurle alors que le sang me brûle les veines. Ça fait tellement mal que je ne réfléchis plus. Il n'y a plus que la souffrance, et elle dure, longtemps, trop longtemps, m'empêchant de lutter contre la folie. Non, j'y saute pieds joints, je bascule, sans moyen de revenir en arrière.

ÉPILOGUE

Onyx

Les Enfers.

Un jour, on m'a raconté une histoire des plus surprenantes. Je devais avoir dix ans, j'étais une enfant presque ordinaire, même si le monde m'était encore inconnu. Les gens qui m'entouraient étaient fidèles et me regardaient comme si je représentais une merveille.

Balthazar, l'homme qui m'avait élevée et tout appris m'a confié la vérité. Celle de ma naissance.

Je suis née pour faire régner le mal, notre vision du monde. À chacun sa destinée, la mienne était d'embraser celle d'une autre personne. Mon père avait donné sa vie pour me protéger, moi et ses projets.

Je dois lier le sang pour l'éternité. Créer une nouvelle race, en faire ma destinée. Le mal doit triompher du venin qui rode et s'imprègne au fil des années sur cette Terre. Nos pairs ont été faibles, ils ont désiré une égalité que nous, vampires, nous ne pouvons pas obtenir. Les humains sont faibles, ils sont notre propriété, nous ne devons pas les aider.

Il faut rétablir l'ordre. C'est ce à quoi je suis destinée. Par le sang, le mien, et le sien, nous créerons une nouvelle ère d'individus qui combattront cette tare jusqu'à la fin. L'heure de la paix est terminée, une nouvelle guerre se prépare et personne ne le voit.

Ils ne s'en rendront compte que bien trop tard.

Je dévisage la pauvre femme, allongée sur le sol poussiéreux et sale. Un sourire me gagne, c'était trop simple. La vampire n'a rien vu venir, comme la première fois. Nous avons attendu le bon moment pour frapper, lorsqu'elle était faible et seule.

Je m'accroupis à sa hauteur, elle dort. Je n'aurais pas cru que cela marche autant. Empoisonner une humaine par le sang, mêlant magie noire et cruauté pour obtenir une poupée. Pourtant, ça a fonctionné, après des recherches et des années de perfection, ce sortilège macabre est une réussite. Comment contrôler un mort à distance ? Il suffit de le ressusciter… mais pas comme un humain qu'on transformerait en vampire, même si c'est ce qui peut être compris. Amber n'est pas une vampire, même si elle en a tous les aspects, elle n'est qu'apparence, qu'un masque. C'est une Morte. Un peu comme ma chère tante, à la différence, nous avons réussi à reproduire ce processus rare dans le mal. Elle est ma propriété, mon pantin. Il a suffi d'un sang maladroit désirant la sauver pour activer le processus.

Je savais que Reaper serait attiré par mon sang sur le corps d'Amber, ma morsure l'ayant vidé du sien, elle était passée de vie à trépas… enfin, pas totalement. Balthazar m'avait parlé du Sort des Morts-Vivants. Un moyen de créer des êtres contrôlés par le biais d'un poison. Mon sang, la scarification de notre emblème sur le torse. J'ai créé une créature magnifique grâce au sang de Reaper, l'ultime élément pour nous lier, tous les trois. Son but était de le faire sombrer dans la folie pour préparer ma venue.

Il a vu en elle, une âme sœur, mais c'était moi qu'il sentait à travers l'humaine.

La petite Écossaise n'était qu'un pion. C'était elle que je cherchais la nuit où j'ai attaqué le QG des dirigeants d'Écosse. Je voulais cette femme, celle qui me ressemblait, qui paraissait autant forte que faible, rousse, magnifique et tentatrice.

Elle n'a pas compris ce qui lui arrivait lorsque nous avons franchi la porte de la bibliothèque. Je me souviendrai toujours de la peur que l'humaine a ressentie. Elle a envahi la pièce, laissant une odeur excitante. J'ai aimé la voir se décomposer. Sa peur était fondée, elle allait souffrir comme jamais. Je l'ai torturée, mais elle ne s'en souvient pas. J'ai marqué sa peau, empoisonnée son corps. Je l'ai vidée, tuée, maudite, emprisonnée. Et aujourd'hui, après plusieurs mois à semer le trouble, je peux enfin prendre la main.

J'ai une belle connaissance de la Malédiction du Sang, je savais que si Reaper entrait en contact avec quelqu'un proche de Dying, ses maux s'intensifieraient. Tout le monde avait rayé cette idée, puisque le vampire est mort il y a des années, mais j'existe. Je suis son sang, sa fille. Je porte la clé de sa folie.

Il existe plusieurs sortes de liens. Celui du sang, celui des âmes sœurs, mais surtout, celui sombre et maléfique des Morts et des Créateurs. Celui qui me lie à Amber. Elle a participé à la chute du géant en pensant que ce n'était qu'une attirance. Ils ont eu tort. Plus Reaper résistait, plus il sombrait. Empoisonner Amber, c'était faire chuter Reaper.

Je me penche vers la blessure à la tête d'Amber, Revhenge, mon bras droit, une démone dotée d'une absence de compassion y est allée vraiment fort. L'Écossaise n'a rien vu venir concernant notre attaque. Elle l'a frappée avec tellement de violence, que j'ai cru que son cou s'était brisé. Son cœur l'est déjà de toute façon.

Amber ne se doute pas de l'existence qui l'attend. Une fois Reaper Creaving à mes pieds, fou allié et délirant, ils auront des existences d'esclaves. Lui, comme géniteur, elle, comme serviteur.

Le changement va s'opérer d'ici quelques mois, surtout si notre plan se déroule comme je le pense. J'ai mis toutes les chances de mon côté. Coucher avec l'ennemi n'est pas si désagréable que ça en a l'air. La séquestration de Reaper n'a qu'un seul but, et j'espère l'atteindre une première fois, très bientôt. Balthazar compte sur moi, l'Ordre compte sur moi.

Une nouvelle vie doit naître au cœur de mon ventre pour sceller nos sorts à tous.

Le monde des Démons n'a pas cessé de s'allier dans l'ombre, autour de notre Ordre des Déchus pour reprendre le pouvoir. Nous y arriverons, un jour. Mais pour le moment, je dois me concentrer sur l'objectif premier : mettre le chaos dans l'univers des Vampires traîtres.

Et quand ils seront les plus faibles, je frapperai.

Il n'y a pas que mon père qui mourra, celui de Reaper aussi. Pour un monde juste, et pour ma propre justice.

Œil pour œil, dent pour dent.

Je laisse Amber dans sa geôle, elle se réveillera bientôt et elle comprendra ce qu'il lui arrive. En attendant, je dois préparer mon départ. En espérant que ces affaires-là soient réglées. J'ai confiance en Balthazar, je sais qu'il prendra soin de nos deux captifs, le temps que je procède à la seconde partie de notre plan.

Je quitte la cellule de l'humaine et me dirige vers le centre de notre demeure. Nous avons creusé la roche pour établir notre QG, le vrai, pas celui qui a servi de guet-apens à la garde. Nous sommes bien dans les régions Interdites des Enfers, mais dans un lit où personne n'oserait venir.

Je gagne le salon où se trouve mon père adoptif, Balthazar Darken, à cette heure-ci, il doit être en présence d'une esclave de sang pour ses besoins. Je croise quelques démons qui me saluent, je suis respectée, et crainte et j'aime ça. Dès mon plus jeune âge, on m'a appris à semer la terreur. Je sais me battre mieux que personne, je sais mettre à terre n'importe quel adversaire et depuis mes récents partages sanguins avec d'autres Races, on craint mon sang.

Je suis démoniaque, je possède des pouvoirs que peu d'individus connaissent, j'ai tenté le diable, ma vie pour devenir parfaite, indestructible. À défaut de l'immortalité.

Je trouve le démon seul dans le salon, à boire de l'alcool ambré près du feu.

— Tu es prête ? me demande-t-il.

— Oui. Je tenais à te dire au revoir avant d'aller remplacer Revhenge. J'ai confiance en elle, mais moyennement en sa patience.

Je l'imagine très bien se ronger le frein en jouant avec la petite Ecossaise. Pleurer la mort de la dirigeante de manière crédible a dû être un exercice des plus difficile pour elle.

J'observe mon père qui reste impassible à mes propos. D'habitude, nous aurions débattu de la marche à suivre, mais là, il demeure dans un silence inquiétant.

Il s'est produit un événement durant mon absence.

— Qu'est-ce qu'il se passe ? je l'interroge en croisant son regard.

Balthazar vide d'un trait son Whisky, une des rares boissons humaines qu'il apprécie. Ses yeux rouges me scrutent avec attention. Il ne semble pas en colère... ou pas encore.

— Les choses ne se sont pas passées comme prévu, Onyx.

Je fronce les sourcils, sa voix est profondément sérieuse.

— Qu'insinues-tu ?

Le démon me dévisage en affichant de la contrariété. Ses habits sombres le rendent encore plus démoniaque. Il ne m'effraie pas, même si j'ai connaissance de ses capacités, Balthazar Darken a toujours été un modèle à mes yeux.

Je reste impénétrable, il m'a appris à toujours rester de marbre, qu'importe les difficultés.

— Retourne dans les quartiers où nous avons établi la nouvelle demeure de Reaper Creaving. Tu ne seras pas déçue du résultat.

Quoi ?

Son commentaire éveille un sentiment étrange en moi. Un frisson me gagne, doublé d'un sentiment d'inquiétude. Je me souviens des nombreuses fois où le démon agissait ainsi quand je commettais une erreur. Les sévices qui en suivaient après étaient douloureux mais nécessaires. Je n'ai jamais commis deux fois les mêmes fautes.

Je n'attends même pas d'en savoir plus, je cours dans les couloirs de pierres noires pour atteindre la cellule de Reaper.

J'ai échoué à un moment, mais je n'arrive pas à savoir lequel lorsque je me refais le film de notre interlude.

Je lui ai dit la vérité, je l'ai baisé, il a pris son pied, jouis au fond de mon corps préparé pour lui, je l'ai mordu, je l'ai lié et je suis partie, le laissant presque pour mort, en attendant que sa folie ne se réveille.

J'arrive devant la porte menant à l'escalier de sa cellule. Je le descends à toute allure en priant pour que mon père se trompe. Je ne suis restée qu'un cours instant auprès de l'humaine. Il n'a pas pu...

Quelques instants plus tard, un hurlement de rage me gagne en découvrant la cellule. Elle est vide. Il n'y a pas l'ombre de Reaper Creaving. Ses chaînes ont été arrachées du mur avec une telle violence que des pierres s'en sont échappées.

Je vois du sang, beaucoup de sang, ainsi que le cadavre d'un des gardes. Comment a-t-il fait ? J'avais donné des ordres, le but étant de l'éloigner au maximum des êtres vivants dans ce QG.

La colère m'envahit avec intensité, mais je ne la laisse pas gagner. Je ne perds pas de temps, je donne l'alerte. Des sons de tambour se mettent à résonner dans toute la demeure, prévenant nos alliés qu'une traque est ouverte. S'il vient de s'enfuir, Reaper ne doit pas être loin. Je me poserai les questions sur le comment plus tard. Pour l'instant, la chasse commence.

Nous devons le retrouver. Les membres de l'Ordre doivent le retrouver.

J'attends de voir partir mon père et le restant de nos hommes pour disparaître à mon tour, prendre une place qui n'est pas la mienne et espérer que nos plans marchent.

Et si je comptais semer des embuches en côtoyant de l'intérieur nos ennemis, désormais, je dois le retrouver. Une course contre la montre s'annonce, à savoir qui remportera Reaper le premier, eux, ou moi.

À SUIVRE...

REMERCIEMENTS

Un grand merci à Micheline pour la correction. A ma mère pour sa relecture. A ma vilaine pour son avis indispensable, et à tous les fans qui continuent de lire avec passion les aventures des personnages de SLAVES. Vous êtes des amours ! J'espère que ce premier tome sur l'histoire de REAPER vous aura séduite !
On se retrouve prochainement pour la suite.
A très vite,

DANS LE MÊME UNIVERS :

INTEGRALE :

SLAVES
Intégrale 1
Tome 1 : Vie Humaine
Tome 2 : Prophétie
Tome 3 : Révélation

SLAVES
Intégrale 2
Tome 3.5 : Decease
Tome 4 : Avenir Sombre
Tome 4.5 : Senan
Tome 5 : Sanguin

SLAVES
Intégrale 3
Tome 5.5 : Trenton
Tome 6 : La Guerre des Damnés
Tome 6.5 : Louis
Tome 7 : L'Ordre des Déchus
Tome 8 : Les Maudits

En numérique et Papier indépendant :

Tome 1 : Vie Humaine
Tome 2 : Prophétie
Tome 3 : Révélation
Tome 3.5 : Decease
Tome 4 : Avenir Sombre
Tome 4.5 : Senan
Tome 5 : Sanguin
Tome 5.5 : Trenton
Tome 6 : La Guerre des Damnés
Tome 6.5 : Louis
Tome 7 : L'Ordre des Déchus
Tome 8 : Les Maudits

CADEAU

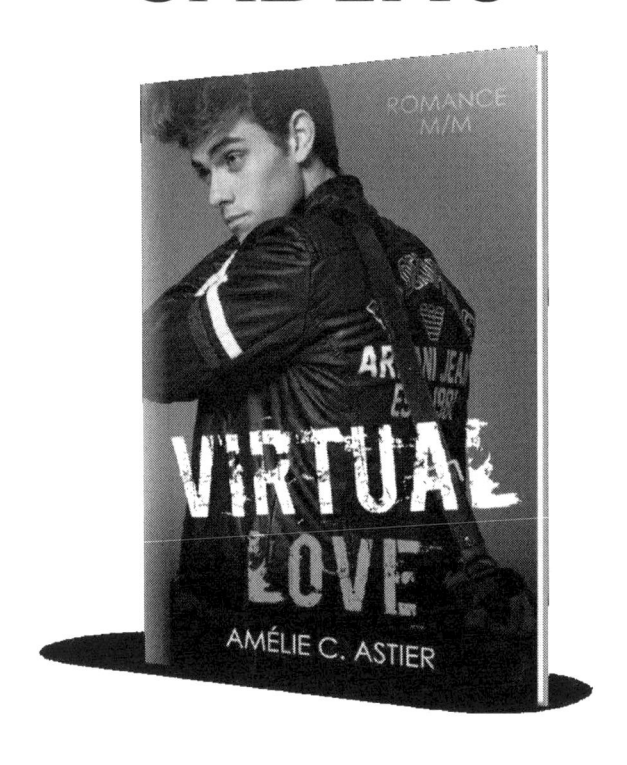

Rejoins nous sur :
https://www.ameliecastieretmarymatthews.com/nouvelle-offerte

Et découvre l'histoire MM de Scott et Matt 100 % GRATUITE !
Tu deviendras un membre de la TEAM READERS!

NOS AUTRES ROMANCES PARANORMALES

L'AUTEURE : Amélie C. Astier

Blog :
https://www.ameliecastieretmarymatthews.com/

Page Facebook :
Amélie C. Astier & Mary Matthews

Groupe Facebook :
Amheliie & The Readers

Instagram :
https://www.instagram.com/amheliie/

Gmail :
ameliecastier.marymatthews@gmail.com
amheliie@gmail.com

Boutique en ligne :
https://www.ameliecastieretmarymatthews.com/shop

Printed in Great Britain
by Amazon